只說給你聽

陳曉唯 著

「給曾受過傷的你。」

只推薦給你

好好珍惜、愛著自己，再好好的感受他人的愛。是我們登入名為人生的遊戲後最長久的任務。

——音樂人／告五人　雲安

一則一則私密的故事，以極為親暱的口吻在耳邊訴說。彷彿像是《蘋果》的「人間異語」、又好像美國的廣播節目「This American Life」裡難以在聚光燈下被俗世道德眼光檢視的邊緣敘事。

每個極其卑微的小人物，彷彿懷中揣著初生小貓一般，如此脆弱、敏感，卻又值得被好好善待的幽微情感；只能以如斯私密的形式，化為文字，只說給你聽。

你靜靜聽，彷彿墜入已經不見天光的海床，當襲捲而來的情感海流太過強大時，不要忘了保持呼吸。

——作家／李律

給陳曉唯《只說給你聽》

一直都喜歡曉唯的文字。在這次的短篇集裡，每個故事都是不同人的黑洞，鑽進那樣交疊纏繞的闇黑幽微裡需要仁慈和膽量，我讀到作者以文字勇敢面對人的不堪，剝開傷口看見血肉模糊，在一個又一個傷口裡試著去現形愛的樣子。

曾經脆弱、曾經被傷害、曾經無助的我們，在這裡面也許會找到那麼一句話、一個故事，讓自己的眼淚流下。而我相信，看見傷口，是療癒的開始。

——導演／林君陽

我一直在《皇冠》雜誌上追看曉唯的作品，覺得非常驚豔。不管是情節的張力或是情感的濃烈，都形成令人欲罷不能的魅力。

——作家／張曼娟

一直覺得曉唯的文字是春蠶吐絲，細密而綿長，溫柔地包裹著讀者傷痕累累的心。

——導演／陳慧翎

像是皇后合唱團的〈波希米亞狂想曲〉，豐富繽紛也獨自喃喃。
像是在家追劇一樣，各個獨立的短篇故事，停不下來。
像是一部電影，我也在其中，也許是路人，也許是主角，但我們都在裡面。
你會想說給誰聽呢？我們下次相見聊聊好嗎，《只說給你聽》。

——演員／謝瓊煖

CONTENTS

星星

這世界那麼暗，
暗得一點光，
一點希望都沒有……

他說：

「老婆癌症離開後，我有很長一段時間不敢告訴女兒，媽媽離開了。當女兒半夜哭鬧要找媽媽的時候，我總是得編故事騙她。有一個晚上，女兒又開始哭鬧的時候，我想起老婆從前都會說《小王子》的故事給女兒聽。我老婆很喜歡星星，常常跟女兒說星星是世界上最美的東西，於是我抱著女兒，對她說：『媽媽去了一個有點遠的星球，那個星球上有很高很高的樹，樹上開滿了花，那裡有一大片很藍很藍的天空，一大片很藍很藍的海，天空有很多鳥，海裡有很多魚，到了晚上，天空會出現很多很多的星星。媽媽之前生病太久，身體太累了，所以醫生要媽媽到那個星球度假休息。媽媽白天會在樹下看書，在海裡面游泳，等到天黑了，晚上了，星星和月亮都出來的時候，媽媽會站在海邊，等星星掉下來，星星掉下來之後，媽媽就會搭著星星，像搭飛機一樣飛回來找我們。』

「那些日子，我買了好多跟星星有關的繪本和童話書，我每天晚上都會講《小王子》的故事，講星星的故事。星星的故事我說了十次，二十次，三十次，無數次，後來我都忘了自己說過多少次，然而，無論多少次，女兒聽了都會安靜地睡著。曾經有那麼幾次，連我自己都相信這故事是真的，總有一天，她會搭著星星回來。

「我記得有一次加班太晚，託我爸媽先幫忙去接女兒，等我下班後再過去接她。下班後，我趕著去爸媽家的路上，走過從前我與她戀愛時走過的一段路，那時候，我停下了腳步，抬起頭看天空。

「她離開後，我告訴自己不可以哭，如果我哭了，女兒看到會害怕，但那一刻，看著天空的那一刻，我站在街頭，雙腿軟了，忍不住哭了出來。

「因為天空一顆星星都沒有，這世界那麼暗，暗得一點光，一點希望都沒有，我最愛的人永遠永遠都不會搭著星星回來了。」

香・水

香水是等待的旅程，愛情是等待果陀的旅程。
愛情是種等待，等待永遠不會到來的果陀，
必須是奇思異想的旅途，
一種已知中交雜著眾多未知的曖昧，
若果陀出現了，等待亦結束了。

她說：

「每天都是七點十五分。

「我會在沐浴後端坐於鏡前，仔細地打理妝容與髮型，從衣櫃裡尋找最適合當天氣候與心情的服裝，接著便是最重要的環節：佇立於香水櫃前，先是閉上雙眼，緩緩地深呼吸，清空鼻息，然後睜開眼睛，一一地審視玻璃窗裡的每一瓶香水後，再一次地閉上雙眼，想像著每一瓶香水的氣味，思考著她們的前調、中調與後調，斟酌著、思量著她們與我今天的妝髮與服裝的相襯度。

「香水是一種儀式，更是一種完成。

「香水使我變得完整。我特別在意前調與中調，前調的分子較細且輕，噴灑的瞬間便會立即湧進鼻腔中，使人享受香水初臨肉身的美妙；中調則約莫於四十至五十分鐘後才逐漸發生，許多專家都說這是一瓶香水的主軸，整段香水戲劇的主角，中調是香水的原身。然而，僅僅在意前調與中調仍是不夠的，除了香味，香水另一個最迷人的部分就是包裝。香水的包裝設計必須與氣味相互搭配，如此才能譜出一段戀曲，即使其他人不知道，但使用這瓶香水的人心裡是清楚的。擁有一瓶香水如同開啟一段旅程，從購買香水到打開包裝的絲帶，掀開盒子，將香水擺入玻璃櫃裡，以及此後每一次使用香水時，再一次地欣賞瓶身的外觀，從記憶中層層搜索她的氣味，接著拿起香水瓶，將其輕輕地噴灑於身體，感受她從皮膚緩緩地揮發，前調的氣味進入鼻腔，肺腑逐漸浸潤於香氣之中，於此開啟等待的契機。如同一齣戲劇，擁有了美麗的開場白後，觀眾必須耐心等待，等待四十分鐘後中調的來臨，香水旅途的轉捩點。當氣味一點一點地蔓延至身體的每一處，當氣味鋪滿肉身，一切到達高潮，後味緊接而至，身體原本的味道與香水的氣味緊密融合，皮脂與香水交織成一齣戲劇的餘韻。

「香水是包裝、氣味、感官與肉體共同出演的戲劇，她的美必須是由內而外，從頭至尾的，若有一處不夠完美，她便不是一瓶好的香水。

「若你問我為什麼需要一瓶好的香水？你讀過徐四金寫的小說《香水》嗎？故事的主角葛奴乙受盡凌辱，被世人忽略，只因他的身上沒有氣味。當他發現令他著迷的人身上總有美妙的香氣後，他頓悟了世間的真義，原來要被人所愛，你必須擁有『味道』。為了留住那些氣味，他殺害無數美麗的女子，取得對方身上的脂肪來製造香水。透過那瓶至高無上的香水，他終於創造了自己的味道，教眾人為他癲狂，甚至狂烈地將他吞吃入腹。

「氣味是顆粒，是激素，是賀爾蒙，是性與愛的交融。最美好的香水，最迷人的氣味，原來是賀爾蒙塑造的致命誘惑，誘發人性與獸性的起源，建構於基因定序裡的秘密語言。我熱愛任何擁有規則與定律的事物，如同完美的香水擁有黃金比例，那是建構美麗萬物的必然。

「那天的我挑了一瓶『CHANEL CHANCE』。圓狀玻璃瓶身搭配方狀水晶瓶蓋，瓶身上的銀色字跡、黑色經典LOGO與香水的橙紅色澤互襯，光是外觀已是精緻的藝術品。而她的香氣，前調是白麝香與風信子，相對於動物氣息濃烈的麝香，白麝香如同棉花，輕柔如春日暖陽曬過的被窩，而風信子則有提神的效用，兩者看似違逆卻又意外地和諧。衝突是所有定義將昇華之前的涅槃，特別能突顯我身上米白色洋裝的淡雅。

「我總在穿上最適切的香水後才離開家門，香水是我的鎧甲，我的安全感。搭上公車，兩站後再轉乘捷運。通勤時間的捷運人滿為患，我總選擇上了電扶梯後往前走的第三個月台，轉身望著電扶梯的方向，站定後不動，拿出手提包裡的書本假裝閱讀，而眼神則悄悄地窺看著電扶梯口。

「我在等。等待中調發生，等待旅途的轉捩點。於心中默數著，十秒、二十秒、三十秒。我明白世上唯一不會遲到只有時間，時間即是時間的本身，唯一不會自我違背的定律，如同完美香水的黃金比例。

「他來了。身著成套合身的深藍色西裝，同色系斜紋領帶，純白襯衫，深棕色雕花皮鞋，銀黑色公事包。襯衫的釦子是黑色的，從領帶的側邊微微顯露著，這是整套穿著的亮點。有別於白色的釦子，若是白色的，我便不會注意到他。更重要的，他選擇了我最熱愛的古龍水：『Armani Eau Pour Homme』。

「這些日子我總在等待他的到來。於人群中，他是領著萬千士兵爭戰沙場的猛將，駕著駿馬，歷經浩劫與殺戮後來到我的面前，可他的氣味卻不是沙土的微澀與血液的腥臊，而是柑橘混著檸檬的酸甜。

「列車來了。人群使我們被迫擠在車廂的門邊。他高我一個頭，眾人推擠，使我總能輕靠在他的胸前。他的古龍水噴灑於脖頸，柑橘氣息已淡，轉而發散中調的茴香與薰衣草。薰衣草使我心神安定，我知道，我身上的氣息歷經四十分鐘的等待也來到了戲劇的高潮，粉紅胡椒與茉莉花的氣味強烈地逸散著，傲慢與溫柔是我的內裡，無聲地對他撒嬌，告訴他：於千萬人之中，於時間無涯的荒野裡，唯有我們明白彼此，只因我們的氣味是如此獨特，有別於他者。擁擠紛擾，每一次的動盪都使我們更為靠近，人潮的流動未能改變我們的距離，我總能緊緊依偎著你，你是亂世裡殷殷看顧我的戰將，即使未曾言語，但氣味已將我倆渴望訴說的一切道盡。

「時間靜止，萬物虛無，唯有氣味流動。

「每一次車廂的動盪紛擾，掀得我內心驚濤駭浪，漣漪不斷。你總是輕柔地護著我，生怕揉碎我一般。我知道你知道我，如同我知道你，如同遠古之前，宇宙大爆炸的瞬間，我們早已明白彼此的存在，其後透過香氣鋪列的時間隧道來到這裡，再次遇見彼此。我們不言語，因為前世今生不能重疊，時間的交疊將使時間斷裂，再次分割你我。我總凝視你的脖頸，賀爾蒙誘惑的凝聚點，你的喉結，想像你若解開釦子後敞開的胸口，健壯的胸膛，微汗而灼熱，雄性的氣味與古龍水的香氣深深交融，必使我魂牽夢縈，墜入深淵。為了避免跌得太深，我總是強作鎮定地尋覓隱藏在領帶後的，襯衫的黑色的釦子。黑色。黑色的氣味是什麼？是琥珀木或是苦橙花？葛奴乙最初迷戀的女子身上一定是琥珀木的氣味，那是暗黑世界裡的微光，讓人不致墮落深淵，更可除瘟疫、辟邪毒，凝視黑色令我得以稍稍按捺自己的狂烈。

「只是時間從不遲到，世界的秩序因時間而生。到站了，我們終將暫別。步入公司大廈，途經世人，他們對我投以溫柔而善意的目光。我知道，因為我的氣味已來到了清新香草根混著鳶尾花的時刻，於是被人善待與憐愛。

「可無論擄獲多少人的目光，我的白晝都屬於你。於一場場會議的間隔裡思索你，於一次次與人的談話間憶起你，於一個個空間的轉換中渴望你，於一段段時間的前行中追趕你。三個小時了，你的氣味已到後調，濃烈樹木的氣味，苔蘚、薄荷與檀木混著汗水，你於眾人中路過，他們對你投以戀慕的眼神，因為你身上充滿著雄性與情欲的氣味，獸性的野蠻與人性的脆弱交纏，無論多麼渴望你，他們無法得到你。你可曾在千萬人之中思索我，憶起我，渴望我，如我追趕你的氣味般地追趕我？時間的定義是否定義出你我，甚至使我們被空間割裂？

「時間原來是時間的淵藪，我清醒地在時間裡沉睡，並於日常的夢裡夢著你。

「於思念你的憂傷之中結束一日，我佇立於月台上等待車班的到來，放空自我。我來到尾調的廣藿香，淡而濕潤的土壤氣息，如神話裡的精靈擁抱著哀傷的我。廣藿能抗憂殺菌，滋養乾旱的心靈。步入歸途的車廂，於一眾疲倦的神情中，將自己融入在大千世界裡，無欲無求，隨波漂流。溢散使我安心。

「歸程的人們呆愣疲憊，木無表情，如列車將駛進寒冷的地獄，而人們卻稱之為溫暖的家鄉。車廂突然微煞，我不穩地抓緊握把。驀地，有人扶住了我，將我從冰冷的河流中拾起。轉身一看，是你。我從未曾意料過於黃昏之後暗夜之前遇見你。你已褪下領帶，我望著你的黑色的釦子，嗅著你身上的氣味，香根草與雪松。香根草是被燒灼煙燻的苦澀氣息，而雪松則是於耶路撒冷聖殿中被使用的聖物，抗腐防潮，神聖不可侵犯，如同萬物不可於錯置中生長，如同現在你我的相遇。

「你不該來認我的。

「『是妳。』你說。我知道你望著我，我感受得到你灼熱的眼神與氣息。

「我沉默且焦急，不敢回望你。我在等。等下一個月台的到來，急於逃離你的存在。我明白你望著我，無聲追問著我為什麼？但我無法告訴你，只因關於你的一切已於白晝告終，你與你的黑色釦子與氣味都不該出現於此。

「香水是等待的旅程，愛情是等待果陀的旅程。愛情是種等待，等待永遠不會到來的果陀，必須是奇思異想的旅途，一種已知中交雜著眾多未知的曖昧，若果陀出現了，等待亦結束了。

「列車到站，我火速逃離，知道你追出車廂，但當我刷卡奔出站口時，你站在出站口前不動，我沒有停下來回望你。出站口成了一道底線，畫開你我，如同卡門線，分開外太空與地球氣層，隔開清明與混沌。

「回到家中，我筋疲力盡地癱坐在沙發上。孩子過來擁抱我，緊緊地靠在我的胸口嗅聞我的氣味，抬起頭對我說：『媽媽，我好喜歡妳今天的味道。』我回以一個疲倦但溫柔的微笑。

「丈夫從房裡出來。我們三人於餐桌上用餐。

「『我看了那篇雜誌專訪。』丈夫說，他指的是前些日子商業雜誌對我做的訪問。他又說：『記者問妳如何維持家庭與工作的平衡，並且始終保持美麗與優雅，還能如此年輕漂亮？妳的回答非常像妳。』他拿起平板電腦滑到雜誌頁面讀著：『秘訣是香水，我每天都會挑一瓶適合自己的香水，香味是種黃金比例，藉此提醒自己，維持生活最重要的是找到時間與空間的黃金比例，拿捏人際關係的距離，而美麗與優雅則來自於氣味，擁有氣味便能安定自己的肉體。』他跳過中間直接讀最後一段：『香水讓我擁有戀愛的心情，換一瓶香水就擁有一段新的戀情，戀愛的女人永遠年輕。』

「他讀完後說：我想起當初送給妳的那瓶『Nina Ricci』。

「是的，『NinaRicci』的『比翼雙飛』，瓶身是一對飛鳥互相陪伴，前味是桃子與橙花，浪漫與甜蜜，中調是蘭花與康乃馨，性愛與母愛，後調則是安息香與琥珀，寧靜與辟邪。這是最安逸無憂且別無選擇的愛情公式。

「但擁有了最安逸無憂的愛情公式，人仍然渴望愛情，如同我擁有過的每一瓶香水。最初是哪一瓶呢？或許是『GUERLAIN』的『午夜飛行』，靈感源自於聖修伯里的作品，但我對這瓶香水的記憶，則錯疊至他筆下《小王子》的浪漫、專情與奇幻。記憶如此神秘，我會記得你嗎？但我並不為遺忘而感到煩憂，如同我曾擁有過無數瓶香水，擁抱也失去許多段的記憶，從而享受過無數次秘密且無聲的戀愛。

「當我又想起你。於千萬人之中，於時間無涯的荒野裡，於每一場千軍萬馬戰役的殷殷看顧下，我悄悄地傳遞過無數次的自己，也默默地接納過無數次的你，或你。

「當我又想起你，不只是因為你，更是因為你的氣味曾讓我癲狂。」

小・・羊

真正的我早已在從前的傷害中一點一點地死去了，
現在的我不過是道暗影。暗影終其一生受光的控制，
活在光的背面，受過往的痛苦綑綁，
永恆徘徊於無光暗夜的，無止無境的地獄裡。

她說：

「你曾經毫無預警地覺得很害怕，躲進廁所裡痛哭過嗎？記得有一次在捷運上，我突然覺得全身發寒，忍不住顫抖起來，明明是大熱天卻渾身覺得好冷，還沒到想要去的那一站便匆忙下了車，快步奔向廁所。一進隔間裡，我立刻痛哭了起來，因為害怕被發現，只好用雙手緊緊摀住自己的口鼻，避免自己發出聲音。我就這樣在廁所裡哭了好久好久，直到渾身寒冷的感覺消失，才筋疲力盡地離開。

「你問我害怕什麼？那是很久很久以前的事了。

「我母親很早就過世了，父親忙著工作沒時間照顧我和哥哥。因為父親工作的緣故，小時候經常搬家轉學。我非常討厭轉學，因為每次轉到新的學校都要自我介紹。為什麼要自我介紹呢？什麼樣的人擅長介紹自己？直到現在我仍時常想著該怎麼對人介紹自己。

「我是個平凡的人，長相不突出，眼睛小，鼻子塌，嘴脣厚，沒什麼出色之處，頭髮有嚴重自然捲，身材微胖，以一般人的眼光來看，是個毫不起眼，容易被淹沒於人群之中的人。再加上貧窮的家庭環境，沒學過什麼才藝，也沒什麼特別的興趣，每次到新環境要自我介紹時，便覺得十分害怕，我沒什麼值得跟大家說的，你看到的我已經是全部的我了。

「直到升上國中，家中經濟狀況才穩定，買了新房子，原以為一切都塵埃落定，不必再轉學了，但並沒有想像的美好，至今我仍然想著，這個不美好是不是我的錯？

「國中開學的第一天，老師一樣要大家上台簡單介紹自己。可能因為從前的經驗，我想反轉一下過去的自己，在台上竭力求表現，誇口說下許多不是真實的自己。我先自嘲眼睛小、鼻子塌，但有一頭亮麗的大捲髮，很像日本漫畫中的人物，雖然來自單親家庭，但父親都給我最好的條件，我因此培養許多的興趣，特別喜歡閱讀、聽音樂、看電影與運動。相對於其他同學的羞怯，我的表現顯得格外突出。果然在下課後，幾個女同學來找我聊天，放學還一起走路去搭公車回家。

「起初的一切都是美好的。我交到幾個知心的好朋友，分享彼此的生活，談喜歡的書、偶像，吃飯、讀書、打球，放學後一同回家。但不知道從什麼時候開始，有些朋友的態度變得古怪了。當時我一直想著，是因為我無法回答她們分享的那本書嗎？畢竟我並不熱愛閱讀；是因為我無法表現出跟她們一樣喜歡某位偶像嗎？畢竟我對偶像並沒有強烈的感受，只是盡可能表現投入；是因為我的球技真的太差嗎？我從小便不擅長運動，為此還在週末請哥哥陪我打球，想增進球技，但受制於矮小微胖，即使想展現長才也有生理上的難度。

「我始終找不到答案，只能帶著疑惑，戰戰兢兢地生活，而疑惑在我初經來的那天到達頂點。我的初經來得相對晚且匆促，上課到一半，忽然覺得下半身有股灼熱感，慌忙地站起身，發現裙子已經被溽濕，散發血腥的氣味，我趕忙躲進廁所。我生長於一個沒有女性長輩的家庭，當時學校的生理教育也不足，即使知道是月經，仍對這樣的狀況感到陌生且無助。我當時覺得羞怯困惱，不敢到保健室求救，只能拚命用衛生紙擦拭內褲，以紙巾墊著，但月經的味道卻不斷地逸散出來，生怕被人發現，整天心神不寧。果不其然，放學時，有幾個平常要好的女同學來找我。

「『妳還好嗎？』其中一個女孩子問。

「我尷尬地微笑。她看著我，露出狐疑又詭異的表情：『妳知道嗎？大家都覺得妳今天身上好臭喔，妳該不會大便在褲子上吧？』其他人聞言後大笑出聲。

「從那天起，所有人都變了。我總在到校後發現抽屜被塞滿垃圾，若書本忘記帶回家便被畫滿塗鴉，甚至抹上膠水，有時得在垃圾桶裡才能找到它們；我不敢在學校發言，無論說什麼總會被周圍的人批判，以難聽的言詞羞辱嘲諷；同學們會在上課時傳紙條寫我的壞話，且故意在下課後將所有紙條放在我桌上讓我看見；我忍著不敢去上廁所，因為某次上廁所時，有人將我反鎖在廁所裡，我死命地敲打門板，在廁所裡痛哭，直到隔壁班同學發現找人幫忙；我曾在午睡時被同學用剪刀偷偷剪我的頭髮，我嚇得尖叫，他們卻若無其事地說：『我拿到長捲髮公主的頭髮耶。』面對他的放肆嘲笑，我卻只能眼睜睜回望，不知道是震驚或害怕，只記得自己渾身發抖，無法作聲，而我的默不吭聲更使他們變本加厲。

「他們會在樓梯上推倒我，突然從我身後暴打我的頭，甚至有女生覺得不開心就拉我到廁所搧我巴掌，在公布欄上張貼辱罵我的文章。我的物品經常消失，小考考卷若交換改，答案鐵定都是錯的，然而，這些行為都不需要理由，不需要任何解釋。

「惡意，滿滿的惡意，所有人都看見了聽見了卻沒有人對這些事情感到不對勁，甚至愈來愈多人加入惡意的行列，只因他們害怕，害怕自己變成下一個我，為了避免變成下一個我，只好與其他人成為同類。

「我每天都帶著眼淚活著，愈來愈抗拒上學，但怕父親擔心，我拖著幾乎死去的身軀出門。在公車上想著，又是絕望的一天，地獄什麼時候會結束？

該怎麼做才能結束？一定有辦法可以結束的吧？當時是寒冷的冬天，窗外飄著雨，明明是白天，世界卻暗得一點光一點希望都沒有。我想著：『還是我結束我自己？』我在內心不斷自問：『如果我的存在是一個地獄，是否只有自我了結，一切才會停止？』

「幾天後，學校營養午餐的水果是蘋果。班上有個同學突然將蘋果砸向我的頭，我轉身惡狠狠地看著那位男同學，他看到我的眼神後說：『看屁啊，給妳吃蘋果啊！』接著大笑出來，旁邊有兩個人見狀也將蘋果砸向我，我躲過其中一顆，卻沒有躲過另一顆。我站起身，從書包中拿出預藏好的水果刀。我握著刀走向最早朝我丟蘋果的人，凝神看著他，他嚇得往後退，我沉默地抬起左手臂，狠狠地，用盡全力地，用水果刀縱向割了自己的手。鮮血登時噴濺到他的臉，他嚇得爆哭出聲，我卻不自覺地狂笑著。

「我感覺自己在那一刻徹底地解脫了，整個世界美好地旋轉了起來。

「後來的一切我都忘了，只記得許多人來找我說話，不斷地問我問題。老師、學務主任、精神科醫師，還有我的父親。父親哭著問我許多事，而我只是安靜，安靜得像死了多年一般。他們束手無策，只能讓我轉學。

「有了這次經驗後，每到一個新環境，我都讓自己盡可能隱形，設法融入人群且毫不起眼。我也經常在校園或者職場環境中看見有著與我過去相同遭遇的人，但我卻無法也不敢伸出援手，甚至讓自己變成漠視的一員。我反覆告訴自己，這是生存的妥協，如果不這麼做，遭遇傷害的可能會是我。

「只是我是對的嗎？在群體中看到錯誤時難道只能妥協？我是否只能接受負面的存在，唯有接受才可能融入群體，與所有人變成一體？然而，為什麼必須與這些錯誤的人融合呢？融合後不就製造更大的錯誤嗎？

「偶爾在新聞報導中看到『霸凌』兩個字時，我的背脊便瞬間發涼，身軀癱軟得無法動彈。我不敢定義過去遭受的對待是種『霸凌』，只因連提到『霸凌』兩個字都會讓我顫抖得無法自已。

「幾年前曾在網路上讀到一個名詞：『黑羊效應』[1]。相對於白羊，黑羊是特殊的存在，因此過於顯眼。在宗教裡，黑色是邪惡的顏色，且黑羊的毛無法染色，沒有經濟價值，於是更惹人厭惡。心理學上對於群體中不受歡迎的成員所遭受的對待稱為『黑羊效應』。『黑羊效應』裡有三種人：受害的無助的黑羊，傷害黑羊的屠夫與對一切漠視的白羊。在這個效應裡，黑羊或許沒有犯過任何錯，只因為特殊而遭受傷害。當第一個屠夫出現，有些人會因為害怕而跟著成為屠夫。屠夫們覺得自己沒有錯，甚至催眠自己是出於某些『正義』的理由而不得不屠殺黑羊，而餘下的人則成為白羊，為了自保選擇漠視。

「每當身處人群中時，便會想起這個名詞，想起自己曾是隻黑羊而發冷顫抖。我不僅是想到過去自己遭受的對待而害怕顫抖，更多是後來的我也曾是共犯。我並未因相同的經歷而對其他人伸出援手，我袖手旁觀，只是盡可能不讓自己成為傷害黑羊的屠夫。我選擇成為對一切漠視的白羊，然而，即使從未直接傷害黑羊，我也因為自己的漠視而成為間接傷害他們的人。

「這個世界上有人可以脫離『黑羊效應』嗎？或是每個人都曾經當過黑羊，也當過屠夫，更多時候，我們都是白羊，對所見所聞的一切傷害與痛苦選擇漠視，只求自保？

「我經常在想，難道是當初的自我介紹所導致的錯誤嗎？或是初經時不敢求助而導致的錯誤？還是，我的出生與存在就是個錯誤？或者那些人對我所做的一切與傷害才是一種真正的錯誤？這世界上真的有人是錯的嗎？如果沒有人是錯的，為何我至今仍如此痛苦？直到今天，我依然噩夢不斷，無法擺脫過去，每當在人群中憶起這些事都發冷顫抖，幾乎撐持不住自己的身體。

「我與丈夫剛交往時，曾與他談到這些事。他痛哭地擁抱我，我卻一滴眼淚都流不出來。我印象深刻，他用手指輕輕撫觸我手臂上的疤痕，睜大雙眼望著我：『妳是怎麼熬過來的？』

「我是怎麼熬過來的？我也許沒有熬過來，真正的我早已在從前的傷害中一點一點地死去了，現在的我不過是道暗影。暗影終其一生受光的控制，活在光的背面，受過往的痛苦綑綁，永恆徘徊於無光暗夜的，無止無境的地獄裡。

「醫師建議我，如果覺得害怕，不如將過去當成一場夢境，而現在的我已經夢醒了，不必再害怕。

「只是他永遠不明白。當我望著手臂上的疤痕，淺淺的卻仍能看見蹤跡時，它便時刻提醒著我，過去的一切的確如同一場夢，一場極為恐怖的噩夢，即使現在夢醒了，我依然對夢中的那個痛哭失聲的自己感到無盡的悲傷。我總是不斷地對她輕聲地說：『親愛的小羊，妳沒有錯，妳沒有錯，不必再哭了，不要再哭了。』

「我總是不斷地對自己輕聲地說：『親愛的小羊，我們都不要再哭了。』」

1 引用自MBA智庫百科。

獨立[1]

真理比道德更大，真理便是道德的母集。——黃碧雲〈驕傲〉，《七宗罪》

她說：

「對你而言，『獨立』的意義是什麼呢？你最早認知屬於『獨立』意義的契機是什麼？」

「我最早認知到『獨立』的意義源自於兩個定義，一是互斥：

$A \cap B=\phi$，$p(A \cap B)=0$；另一便是獨立：$p(A \cap C)=p(A)\times p(C)$。當兩事件是互斥時，兩事件的發生沒有交集，亦即二者的交集為一個空集合；而當兩事件是獨立時，兩事件發生的機率不會互相影響，意即一事件的發生並不影響另一事件發生的可能性，而兩事件同時發生的機率為二者發生機率的乘積。

「舉個例子，我們玩擲骰子的遊戲，我們分別擲一次公正的骰子，我擲出奇數點的事件，與你擲出二點或五點的事件，這兩事件是獨立的嗎？我們以上述的公式進行驗證：我擲出奇數點的組合為{1,3,5}，你擲出點數的組合為{2,5}，我們彼此存在一個交集為{5}，並非一個空集合。我擲出奇數點的機率為三除上六，得二分之一；你擲出二點或五點的機率為二除上六，得三分之一，我倆擲骰子事件所得機率的乘機為六分之一，由此得證，我倆擲骰子的事件為一獨立事件。

「我最早認知到『獨立』的意義即是如此：一事件的發生並不影響另一

事件發生的可能性，兩事件同時發生的機率為二者發生機率的乘積。我母親在我七歲那年教會了我這套數學的邏輯，她當時以溫柔的口吻對我說：『獨立的英文 Independence，於數學的定義更接近不受影響 unaffecting。獨立不應該是名詞，而該是形容詞，形容真理的模樣，驗證真理的存在。』聽完母親的話語，我反覆咀嚼著『unaffecting』，感覺字詞中飽含的無盡深意。當時的我深深著迷於數學，而我母親看見了我的執迷，明白我對於邏輯的執著，二者完全遺傳於她，我們都深覺數學是一種理性而美麗的存在。

「數學是真理。」

「你也有讓你深深執迷的事物嗎？每個人都有吧？我在五歲時就已學會四則運算，從那時候開始，數學是我生命的全部，世上所有的事物都可以用數學解釋，任何事物都可以轉化成數字，世界彷彿是透過數學這種語言所建構而成。當時於高中任教數學科的母親不斷給我更新更有趣的數學題目，讓我能時刻沉浸於數學的世界之中。我常常埋首於房間的書桌思考題目，解開題目後，我便立刻衝到書房裡找母親。我永遠記得書房靠窗的位置有一座沙發，母親總坐在沙發上閱讀。我會跪坐於沙發邊，將頭枕在母親的膝上，把方才解題時的思考過程一一細述給她聽。傾訴完美妙的數學解題歷程後，我會仰頭望著母親，母親則會微微低垂著面容，回以我一個溫柔的眼神，撫摸我的臉龐與頭髮，我們兩人相視而笑，恍若回到生命的最初，回到我與這世界最初的連結一般，母親與我緩緩相融，逐漸融為一體，我彷彿又一次住進母親的子宮裡。

「解開題目的獎勵是一題更為艱難的題目，而我總為此感到興奮且欣喜。

「父親在我兩歲時逝世，母親獨自扶養我。她個性堅毅，要強且不輕易認輸，熱愛挑戰世界上所有的不可能，因為愈是不可能被證明的事物，往往愈接近真理。每當母親給我更新的一道題目時，她總會輕柔地說：『這是真理，當妳解開它，妳就能更靠近自己。』

「然而，真理無法閉門造車，必須與世界拚搏。八歲起，我開始參與各種數學競賽。九歲那年，我的數學能力已有中學程度，當時每個人都這樣形容我：『天才兒童』。他們如此愚昧，真理怎麼可能僅有如此？我想更接近真理，彷彿回到最初母體裡的自己，活在子宮裡與母親合二為一。十四歲時，透過專業人士的安排，我接受了大學程度的數學能力考試，通過考試便能進入大學裡修讀。考試需要縝密且仔細地回答每一道題目，例如多元函數、線性代數、概率論、數理統計等，我仍記得當時主考人員問了我與『中央極限定理』有關的問題。

「我站在主考官的面前，緩緩閉上眼睛，腦海中浮現母親曾溫柔地對我傾訴：親愛的，妳知道『中央極限定理』是什麼嗎？別人或許會這樣告訴妳：『中央極限定理』是一種機率的理論，統計學中最常使用的論述基礎。然而，這仍不能稱為真理，真理是一種創造與被用以再創造的存在，於是我們必須跟隨它，求其現形，令我們得以膜拜。『中央極限定理』若要接近真理，我們必須如同蓋房子般，一點一點地建構它的存在。首先，妳必須懂得機率的空間性質，妳必須學會想像，想像宇宙中存在一個如神的境域，由此妳得以開始思索法則與規則，從而懂得強大數與弱大數，懂得數字的收斂，並學著將空間裡的所思所見往意義的核心集中，再集中，妳必須思量迭代對數，明白對稱，理解大離差與正規化，唯有如此，最完美、協調、無可比擬的真理才得以隨之現形。直至那一瞬間，萬物抵達極限。極限的關鍵是：大量相互獨立隨機變數的均值。獨立是最完美、協調、無可比擬的，真理的根基。

「唯有獨立，才可能抵達極限。

「我們明白獨立，使真理現形，膜拜它，由此抵達極限。

「然而，我是獨立的嗎？我是否曾是完美、協調、無可比擬的存在？我是否曾使真理於我眼前現形，膜拜它，並由此抵達極限？還是，我的現形亦可能是種真理？如我在母親體內孕育而出，萬物的初始，宇宙的起源，死亡的對倒，生命的根基。

「數學的靈光曾照耀我，真理隨我同行，我亦曾如此完美、協調、無可比擬。

「然而，我也曾不確切地證明自己是獨立的，即使我以為我完美、協調、無可比擬。

「十五歲時，我進入大學就讀，搬離家裡，離開母親，住進了學校附近的單人宿舍。我日日在圖書館裡與真理相愛，直至閉館時刻才離開。有一晚，我於返回宿舍的途中，遭遇一名醉酒的男子尾隨著我，他試圖侵犯我。在掙扎中，我聽到男子怒吼的聲音，一個身著黑色外套的男孩用安全帽敲擊試圖侵犯我的男人，報了警，拯救了我。在警局裡，黑色外套的男孩對我微笑著，他的牙齒整齊潔白，像一列的『零』。

「我記得自己望著他那排『零』一般的牙齒，恍惚間聽見他說：『我跟妳同校，以後讓我陪妳回家吧？』

「後來他不只陪我回家，還陪著我到圖書館、咖啡廳、美術館、電影院。他帶我看見藍色的海、綠色的山、暗夜的星空、薄霧的早晨。每一次的陪伴都讓我的內在出現奇異點。我仍記得最初懂得『奇異點』的時刻，母親給我的書中如此描繪著它的美麗：奇異點是數學裡無法處理的點。例如光滑的曲線上驀然出現一個凸點，它的存在摧毀了原本函數的可微性。例如連續性存在物的斷裂，破壞其原本的模樣。例如一個可以除以零的點，零不可為分母，於此成了奇異點，使其扭曲變異，趨近無限，然而，無限的值沒有（且無法）定義，於宇宙的生成之中，零的奇異點所形成的無限即是『黑洞』的中心。

「我經常於他陪伴我的時刻，凝神望著他的牙齒，整齊潔白，如一列的『零』。我幾度沉淪於『零』的漩渦之中，迷惘而不可自拔，於其中，亦曾幾度想克制自我，避免慾望將我吞沒，於是憶起母親曾引用數學典籍裡的話語，教導我零的存在：『零的定義是，介於一與負一之間的整數，兩個奇數之間的偶數，不是正數，亦不是負數，於研究整數性質的純粹數學之數論中，零不被歸類為自然數，但在研究抽象物件建構的整體之集合論中，零卻被歸類為自然數，而零本身又存在單位元素的性質。』

「當我憶起母親引述的『零的定義』時，我卻更加深陷『零』的懷抱，只因零是如此獨特且美麗。但『零』是真理嗎？『零』是完美、協調與無可比擬的嗎？

「因為『零』，我看見數學以外的真理。我第一次嗅聞到不同咖啡的香氣，欣賞色彩與線條共構的美麗，看見影像與故事結合產生的情感，海的藍原來有無數種層次，山的綠有無限延伸的變化，暗夜的星是宇宙渴望傳遞給地球的禮物，薄霧的早晨有他的吻。

「他的吻。

「他吻遍我身體的每一處，雙手撫過我肉身細微的紋理，緩緩解構了我，又一一建構了我，我因而成了新的我。當他進入我的身體，數學的靈光頓時散去，原來無論多麼執迷也會失去意義，執迷得以轉移，意義可以變化，萬物不滅，只因轉化。真理也可以轉化嗎？當他進入了我，當一切到達極限，他在我的身體裡釋放了『零』的美麗，我彷彿看見了另一種真理。

「這世界真的能存在另一種真理嗎？如此，真理便不是唯一。如此，真理不再完美、協調，無可比擬。如此，我是否犯下觸犯真理的罪？

「體驗數學以外的真理使我心生愧疚，我的身體因他的進入而有了黑洞，我又一次想起我的母親。我告訴他，我愧疚，因為我的母親。他告訴我：『妳總有一天要獨立的，不能永遠依靠妳的母親。』

「原來，獨立存在數學以外的意義。

「但獨立如此困難。我缺課太多，學校通知了我的母親。我回到家裡，母親坐在書房的沙發，沉默地望著我。她拍拍膝蓋，我如往常一般跪坐在沙發旁，將頭枕在她的膝上，她撫摸著我臉龐與頭髮，只是這一次我不敢仰頭望她。我們靜默良久，如同宇宙的生成，重力的奇異點，體積無限小，密度無限大，重力無限大，時空曲率無限大，宇宙大爆炸的初始。如同於母體裡的生的孕育，羊水如此安靜，世界的紛擾與此無涉，我是我，我與母體相融，我是她，她是我，共用血液與養分，我們是我們，不存在任何一個他者。

「她說：『他知道妳未成年嗎？如果上了法院，這一切就會結束。』

「我仰頭望她，原來她什麼都知道，彷彿上帝，是一全知者。我望著她，如同仰望與真理距離最遙遠的存在。她落淚，我第一次看見她的眼淚，我詫異且惶恐，內心的恐懼是一個無限的黑洞吞噬著我。我渾身冷汗，身體微顫。她用淚眼望著我，我的雙眼也湧出眼淚，我不明白是因為恐懼而落淚，還是因為傷心而哭。我知道，零的存在，介於一與負一之間，介於我與我母親之間。零，不是正數，亦不是負數，我不是我，亦不是我母親。零的出現是一個奇異點，當我除以零，或我母親除以零，原本的世界就失去連續性，產生斷裂。

「奇異點是數學中無法處理的點，唯有拿掉奇異點，才能接近真理。萬物不滅，只會轉化，然而，真理無法轉化，真理只能是真理，完美、協調、無可比擬。

「母親望著我，如同過往給我新的一道題目時般望著我，真摯熱烈，我想起她過去對我說：『這是真理，當妳解開它，妳就能更靠近自己。』

「我選擇離開零，因為面對真理，我沒有選擇。

「真理必定是唯一的，而我必須用盡餘生贖罪。

「我搬回家裡，過後的十多年，我沒有再見零，專心一志地尋找真理。我一路讀到博士班，做博士後研究，在大學教課，不斷地對世人闡述真理的可愛可親，真理的完美、協調與無可比擬，只是數學無窮無盡，沒有人能看見真理的盡頭。

「真理沒有盡頭，但生命卻有。一個凌晨時分，在載滿數字與符號的紙頁上，我頭痛欲裂，視力模糊。那陣子我總感到噁心嘔吐，渾身發麻無力，走路不穩，險些跌倒，記憶力嚴重衰退。

「醫生告訴我，妳腦裡有一個小圓球。

「確診的那夜，我如同過去，將頭枕在母親的膝上，告訴母親，我腦裡有一個小球，我好累，需要休息，我想搬離家裡，可能到某一個南方的小島，或者有藍色的海，綠色的山，可以看星星，清晨有薄霧的地方居住。母親聞言後沉默不語。我仰頭望著她，她眼中有淚，她說：『妳解開真理的奧秘了嗎？』

「我坐直身子，望著她，搖搖頭。她說：『那妳不能離開，妳不能離開真理。』

「我望著她，想起了『零』。也許『零』不是零，不是我與母親之間的奇異點。我與母親從最初的最初就不是相融的，我是我，她是她，從離開母體的那一刻，我不能再回到母體裡，我是一個獨立的個體，即

$p(A \cap C)=p(A)\times p(C)$。

「我對母親說：『一事件的發生並不影響另一事件發生的可能性，這二者是什麼事件？』

「『獨立事件。』

「於是，我深深地望著她，如同望著一個永恆背離真理的存在說：

「『我的存在並不再影響妳的存在的可能性，我們是獨立事件，讓我走吧。』」

1 本篇數學與物理學概念部分引用自維基百科、《機率論》、《零的故事》、《時間簡史》、《胡桃裡的宇宙》、《時空本性》、《宇宙的琴弦》、《黑洞戰爭》。

葉裂

原來，原來不管你多麼愛一個人，
哪怕只是一點點，
你都沒有辦法幫她痛。

「我跟阿葉是在我工作的賣場認識的。

「她是來打工的，負責環境清潔，每個星期來三天，上下班都很準時。她的樣子長得眉清目秀，四十幾歲的女人了，看起來卻還很年輕，可能因為個子小，身子有些過瘦，話很少，不太與人說話，但很有禮貌，無論見到誰都會點個頭。她每次來上班都戴一個大口罩，她臉小，整張臉都被遮在口罩裡。她到公司打完卡，便一個人默默地做事情。賣場工作忙，無線電對講機不停地催，她總是趕趕趕，幾乎不與人說話，我都以為是她害羞，每次工作時經過她身旁就跟她點個頭。我在賣場裡負責賣糖果，有時午休時間看到她一個人坐在角落吃飯，我就會偷偷地塞兩顆糖果給她。看到糖果時，她會抬頭看看我，點個頭，那時候才看到她脫下口罩的模樣，皮膚跟她的手臂一樣白，白得幾乎沒有血色，嘴角微微揚起，眼睛是笑著的。後來在賣場裡看到她戴上口罩做清潔工作的模樣，我都會想起她微笑時的眼睛。

「這樣過了幾個星期，有次上班時沒看到她，我以為是自己記錯她來的時間。直到賣場快開門營業了，才見她匆匆忙忙地從員工休息室跑下來。清潔組是外包的，組長個性壞，見到她便破口大罵，我們都知道組長是罵給公司正職人員聽的。教訓完後，阿葉如常地拿著拖把開始拖地，因為賣場營業時間快開始了，她只好比往常更趕。她經過我這區時，我看見她腿一拐一拐地，以為她是趕著拖地扭到了，於是問她：『阿葉啊，妳是受傷嗎？不用趕啦，今天平日，沒什麼客人。』她也不回話，跟從前一樣地點點頭。午休時間，大家輪流休息，我在員工休息室見到她。她那天躲在更角落的地方，背對著我們吃飯，因為她平常就話少，也沒人搭理她。我走過去拍拍她的肩，她沒轉身，忙著要戴口罩，我就說：『不用戴啦。』她堅持戴上時，我才注意到她的臉上都是傷。『妳是怎麼了？』她先是不說話，後來才小小聲地說：『跌倒了。騎車、騎車跌倒了。』我知道那不是跌倒的傷，瘀青成這副模樣，肯定是被人打的，但別人的家務事我也不方便問，只好說：『妳啊，下次遲到沒關係，你們那個組長大家都知道，工作沒有比妳的命重要啦，這邊大家都是甘苦人會懂的，妳自己騎車要注意安全。』我留了兩顆巧克力糖給她，她話很少，但我仍記得她小聲地對我說：『謝謝，阿華姐，巧克力糖很好吃。』

「後來的幾個星期，只要她遲到，午休時就會見到她臉上有傷。我總想著要問她怎麼了，可是想想知道了又能怎麼樣，她不願意別人幫忙，誰也就沒辦法幫忙，而我一個人更幫不了什麼忙。

「有次颱風天，政府公布休假，但賣場就算是颱風休假還是得上班，甘苦人都一樣，拿生命換生活，有時候想想，生命跟生活到底哪個比較大？可是想了想，我們這些人的命太便宜，拿來換生活都不夠。那天阿葉一樣遲到了，一到了就被罵，賣場裡的排水設備出問題，她趕著跟同事清賣場地下一樓裡的積水，整天在賣場裡趕趕趕，她的腿這樣一拐一拐地拉著拖把，身體瘦得不成人樣，我們這些人的命太便宜了，拿來換生活都不夠。下班時，我看雨那麼大，怕她騎車危險，即使命再便宜還是有價，能活就要活下去，於是對她說：『阿葉啊，妳今天要不要來我家，我家很近，離這裡騎車一分多鐘。』她看著我，不說話，我看著她口罩遮著大半張臉，只剩那雙眼睛睜得大大地望著我，我又說：『來坐坐啦，吃個飯，等雨小一點再回去，新聞說晚點雨就小了，我昨天晚上滷了一大鍋肉，一個人吃不完，妳就當好心來幫我吃。』

「她就這樣被我半拖半拉地來了。我家地方小，跟前夫離婚後換來這個小屋子，一房一廳，沒餐桌只能將就點在客廳裡擺張桌子吃飯。進屋後我催她把雨衣脫下來晾在外頭，我趕著進廚房熱一大鍋肉，再炒兩個菜，熱個湯。一邊炒菜一邊對她說：『我一個人住，白飯一次就煮一大鍋，要吃的時候就熱一下，妳介不介意吃隔夜飯？』就這樣，我跟她第一次一起吃飯。她吃飯時話也少，我問一句她答一句。結婚多久了？十幾年有了。有沒有孩子？有過，後來病了養不活。抱歉抱歉。我說。沒事沒事，都是命。她說。家裡狀況還好嗎？不好不壞，只是需要出來打工賺點錢貼補。滷肉好吃嗎？好吃好吃，我喜歡甜的，妳這個滷肉跟我南部老家一樣是甜的。她說話的時候，我終於仔細地看見她整張臉，新傷舊傷都堆在那張小小的臉上，白皙的皮膚上紅豔青紫。

「丈夫對妳好嗎？她沉默。我說喝湯吧，歹勢啊，這湯煮得太大鍋，我一個人喝兩天了，妳不介意吧？不會不會，怎麼會。她接過湯碗的手腕那麼細，賣場的拖把水桶那麼重，她怎麼有力氣能天天扛著走？

「不好不壞。她說。夫妻一世，好壞功過，死了才能論的，我阿母以前都這樣跟我說。夫妻一世情，死後論功過。

「這樣一來一往，一句句聊，也聊到很晚了。她發現時間這麼晚，急了，連忙說要走。我看雨也停了就送她。臨走前對她說：『阿葉啊，以後有事，不管什麼事，妳如果想找個人聊聊天吃吃飯就來這，我一個人，也沒地方去，沒上班時整天都在這。』她機車發不動，踩了又踩，聽到我說話，停下了動作，轉身看我。大口罩遮著整張臉，眼睛紅了，我想著她臉上那些新傷舊傷。車子發動了，她立馬跨上車，安全帽裡一樣那雙睜得大大的眼眸，眼淚快湧出來似的，她點了個頭便騎車走了。

「某天半夜，我家電鈴響，打開門一看是她，一樣一張大口罩遮著臉，但我們也不說什麼，我立刻側個身讓讓她，她低著頭趕忙走進屋裡。我開燈到廚房煮碗泡麵端給她。她坐在客廳的小桌旁，口罩脫下來便開始大口大口地吃麵，不怕燙似的，唏哩呼嚕，像餓了很久。

「我看她臉上一片又一片的傷，手臂上也傷痕累累，轉身從櫃子裡拿出藥酒來，又從冰箱裡拿雞蛋煮熟了給她敷。她說去上廁所，走路拐著拐著，我就說，洗個澡吧，我拿換洗衣物給妳。我家浴室小，她在浴室外褪下衣服，才見她渾身是傷，新傷舊傷，與她的面容一樣，白皙的肌膚上青紫斑駁。她進浴室洗澡出來，擦乾身子，我要她臥在床上幫她塗藥水，她痛的時候就『滋……』的一聲，也不哭，咬牙忍著。我說，要睡了嗎？她也無可無不可。我一個人，房裡一張加大單人床，兩個女人便這樣擠一張床。夜半，我被她的哭聲給弄醒。窗外的路燈照進我房裡，我看著她瘦得近乎只有骨頭的背影。『阿華姐，好痛。』我就抱抱她：『不痛，不痛，吃不吃巧克力糖？』我從床頭櫃裡拿出玻璃罐，掏出兩顆巧克力糖給她。『我都這樣，半夜偷吃糖，所以牙齒都壞了。』她笑了，靠著我，身上滿是藥水與肥皂的氣味。『我阿母說女人一生就是要找個好丈夫，相親時，我媽說這個男人好，他也真的對我好過幾年，後來孩子死了，生意倒了，他開始愛賭愛喝，賭輸喝醉就打我，沒錢沒酒也打我，打到最後也不用理由，只要稍微有點不開心就打我。』她說話的時候眼淚像水龍頭開了一樣地流，又熱又冷，濕了我衣襟一片。我說：『我知道，我都知道。』她的手撫著我的手，無名指的戒指還在：『阿華姐，我阿母說夫妻一世情，死後論功過，難道我要被打死才能走？』她停了一會兒：『可是要逃，我又能逃去哪？只能等他比我先走，可是再這樣打下去，我一定比他先死，死了也好，死了就解脫。』我撫著她無名指上的戒指：『不要亂說話，沒事的，沒事的。』

「那一夜，路燈很暗很暗。

「後來總有幾個夜晚，阿葉如那夜一樣地來找我，隔天照常上班，回家一樣給丈夫打。我從前聽長輩說人死後會下地獄，但我活了這輩子始終覺得，很多人還沒死就已經活在地獄。可是地獄不是給犯錯的人受罰的嗎？這些還沒死就活在地獄的人到底犯了什麼錯？阿葉這樣一個女人，這樣嘴上掛著阿母說阿母說的女人，一輩子犯的錯難道就是聽母命怕丈夫？有時候她來我屋裡，夜半時分總會說：『我阿母說天公疼好人，阿華姐，難道是我做得不夠，不值得天公疼惜我？還是我前世積了太多孽債，今生來還債？』

「三年後，阿葉的丈夫又在賭場賭老千，回家路上給人拖去砍了數十刀，重傷送到醫院，挨不到一天就走了。警察來問話，阿葉什麼也不知道，只能沉默地搖頭。連續幾天，她整個人呆呆的，不哭不笑，後事辦完像解脫了一樣。那天晚上，她如往常地來找我，她從前吃得少，一碗飯都吃不完，那天連吃了兩大碗。她從前不喝酒，有時候天冷我要她喝點暖身，她總是嘴唇抿一下杯緣說酒好辣，那天卻喝了兩三杯，喝得臉上脖子身體紅豔豔的。夜裡，碗空杯淨，阿葉在客廳沙發上睡著了，我到廚房裡洗碗聽到哭聲，走回客廳見到她整個人縮在沙發裡哭。她見到我說：『他走了，我怎麼像空了，明明以前被打得那麼慘，痛到不想活，怎麼他走了我卻像空了一樣，我這輩子難道這麼歹命，孩子死了，連丈夫都保不住？』我走向前抱抱她。『阿華姐，我阿母說女人這輩子不能沒有男人照顧，現在我一個人能活嗎？』我看著她的眼睛說：『別傻了，妳老公有照顧妳嗎？妳看看我，我一個人不也這樣活，不然，』我想著：『不然妳來我這吧，我這地方小，但我們兩個人，夠了，夠了。』

「阿葉就這樣搬進了我家。

「我們一起上班，一起下班，下班後回家做飯一起吃，一起看電視，看綜藝節目罐頭笑聲也跟著笑，看連續劇女主角哭就跟著哭。有時候衣服交換穿，但她的衣服太小了，我總是笑著抱怨說，妳吃胖點買的衣服我才能穿，她就說不吃不吃留給阿華姐吃。偶爾一起出去吃館子，兩個人點兩份餐，我就說這樣好，阿葉啊，我以前只能吃一種餐，現在多了妳就多一種。她聽了總是笑著說：『阿華姐，有妳真好。』

「我心裡就這樣埋著這句話：『有妳真好。』

「夜裡，她總跟我說起小時候的故事。房間小，一張床，兩個女人，躺著勉強湊合著。我喜歡與她共枕一床的時候，夏天的夜晚，兩個人洗過澡，空氣中彌漫著淡淡的肥皂香，開著風扇，聊著天。她唱起小時候母親唱給她聽的搖籃曲，她說母親在她出嫁不久就過世了：『生癌，』她說：『阿母那時候常常打電話來說頭痛，我當時有孕在身也不能常回去，當時也不懂，但我知道，她天天這樣痛，應該是痛死的。』然後她就安靜了，每次談到家裡的事都是這樣，故事未盡，她就安靜了，接著她便唱起那首搖籃曲：『嬰仔嬰嬰睏，一暝大一寸；嬰仔嬰嬰惜，一暝大一尺。搖子日落山，抱子金金看，你是我心肝，驚你受風寒。』

「唱完歌後，她對我說：『阿華姐，兩個女人，一幢屋子，一張床，一面桌，一餐飯，一個家。』

「後來阿葉常常跟我說她頭好痛。

「起初她痛的時候不愛看醫生，總是去藥局買止痛藥吃，吃了就睡，睡得像是不會再醒來一樣。沒多久止痛藥逐漸失效了，她藥愈吃愈多，頭卻愈來愈痛，幾次痛到在地上打滾，邊哭邊喊她快痛死了。

「我們換過好幾個醫生，做了好多次檢查，血也抽，光也照，藥換了好幾次，三餐吃，吃到人又乾又瘦，像沒了魂魄似的。醫生只是說，她腦裡有東西。我勸阿葉：開刀吧。她說開刀更痛，腦子要被剖開，我怕死。我說怕死也要開。她堅持不肯，說腦子被打開也不要活。這樣拖著。她每個夜晚總在痛，不得不把工作辭了，在家靜養。

「有天我回家，家門大開，發現她人不見了，我連忙奔出門四處找，外面那麼暗，暗得沒有一點光。我找到深更半夜，終於在社區公園的滑梯旁看到她一個人蹲著。我喊她，她看著我像是不認得我了。我對她說：『阿葉，很晚了，回家了。』她眼睛緊緊盯著我，像隻小狗望著主人，喊我：『阿母，妳去哪了？妳怎麼這麼晚來接我？妳是不是不要我？』帶她去看醫生，檢查做了好幾輪，醫生說：她有輕微的老人癡呆症。我說怎麼可能，她才四十幾，醫生你是不是開玩笑？醫生苦笑著不說話。我腦裡空了，四肢癱軟。

「過後她常常走丟，無奈之下，我只能把她鎖在家裡。她在家裡也不平靜，她總是把枕頭塞進冰箱，把冰箱的東西全翻出來堆到沙發上，把沙發上的東西再丟到陽台，陽台上開始堆滿衣服、食物和垃圾，堆完後她便坐在陽台上痛哭，整個家變得一團混亂。我只好把冰箱鎖了，陽台門也鎖了，她打不開冰箱就拿刀割自己，割痛了又把櫃子裡的東西翻得滿地都是，一地上都是血跡，我只好將刀子藏在櫥櫃裡，又將櫥櫃鎖上。

「她無法自理生活，有時四處便溺，弄得家裡到處都是尿騷。我只好彎著腰，拿著抹布跪在地上一點一點地擦。她日日夜夜地喊痛，日日夜夜地哭，在地上打滾，扯著我的褲腳痛哭。哭的時候她總埋怨我：『阿母啊，妳為什麼這樣對我。』我說我不是妳阿母，我不是妳阿母。清醒的時候她不哭了，垂著臉就對我說：『阿華姐，對不起，對不起。』她不哭的時候換我哭了。

「她看見我哭，便學我拿瓶子裡的巧克力糖給我。我說，阿葉啊阿葉……這樣一句話拖著拖著，千言萬語，千頭萬緒，最後便忘了自己想說什麼。

「她後來愈來愈痛，愈來愈常忘記自己。我經常四處找她，走遍一條又一條的馬路，走過一個又一個街口，徬徨無助，欲哭無淚，找得筋疲力竭，找得近乎絕望。她痛的時候就掙扎，好的時候就弄得家裡一團亂，她是個大人又是個孩子，她又哭又笑，情緒不穩。有時候我望著鏡子裡的自己，面容憔悴，如同骷髏。我好累，我累得快要沒有自己了，但我還是捨不得放下她。阿葉啊阿葉，我該怎麼辦，我該拿妳怎麼辦？

「我不得不提前拿了勞保退休金和郵政儲金湊了一筆錢，把她送到照護機構裡，想著那裡有專業的人照顧她。但到第二天，照護機構的人打來電話說阿葉一直哭鬧，鬧到整層樓的人也被她弄哭了。我連忙請假趕去看她。她整個人躲在角落，蹲在地上，身子縮起來，緊緊靠著牆，一動不動。我喊她的名字，她不回應。直到我靠近她，蹲了下來，她猛然一把抱住我，在我懷裡面哭了起來，喊著阿母阿母，阿母妳為什麼不要我？我說我不是妳阿母啊，阿葉啊，我是阿華姐。

「她安靜了半晌，抬頭望著我，我望著她的眼睛，望見最初遇見她時，她那雙純淨近乎無垢的眼睛。她說：『夫妻一世情，死後論功過，為什麼妳不要我？』

「那天我便接她回家。我知道，那裡不適合她。

「有時候她會像突然從夢裡面醒來，看著自己做的一切，看著屋子裡面一片狼藉，看著自己手上身上的傷痕，接著痛哭失聲，她像是記得又像是不記得，不斷地對我說：對不起，對不起，我好痛，我頭真的好痛。

「每次痛到大哭，我就只能緊緊抱著她，她不斷地掙扎，捶打我，拳頭一下下打在我的胸口，我的背，我的身上開始滿是瘀痕，我還是捨不得她。我只能緊緊地抱著她，任由她的拳頭落在我身上，把她的痛都過渡到我的身上，直到兩個人累到筋疲力竭，她不哭也不鬧了，我就這樣相擁著她唱著她阿母從前唱給她聽的歌：『嬰仔嬰嬰睏，一瞑大一寸；嬰仔嬰嬰惜，一瞑大一尺。搖子日落山，抱子金金看，你是我心肝，驚你受風寒。』

「有幾次，我在夜半醒來，看著房間窗外的路燈，夜好黑好黑，好暗好暗，暗得整個世界都沒有光，沒有希望，可我總會期望，明天，明天就沒事了，只要到了明天一切都會好的，都會好的。

「我的阿葉會好的。

「可是明天是那麼遠，那麼遠。

「為了照顧她，我除了賣場的正職工作外，還得四處兼職打零工。我努力地接工作，去別人家裡幫忙做清潔，每天換好幾班的公車，有幾次累到搭車時睡著了，突然醒來發現自己坐過站，誤了回家時間。這樣下去真的不行，我只好四處去求人幫忙。可是公家單位看了看我的戶籍資料，只能笑笑說，妳們兩個人是母女還是姐妹？我說都不是，這樣沒辦法申請嗎？他們看著我，苦笑說：妳們這樣是不行的，妳還是把她送回家吧。我說她沒有家啊，他們又苦笑說：『人啊，都有家。』

「阿葉啊，妳的家就是我們的家。

「我又拖著身子一步步地走回家，那個暗無天日，沒有希望，沒有明天的家。

「回到家，聽見阿葉在家裡尖叫，聲音像是從地獄傳來的一樣，她不斷地喊著好痛好痛，我連忙安撫她，手忙腳亂，電鈴突然響了。開門看到警察，警察說：『鄰居報警說妳們這邊有狀況。』後來幾天，警察帶著社工來了，我想終於有人要幫我，可是她們居然說：『據我們所知，妳跟她沒有親戚關係，妳這樣不把她送去治療是違法的，而且她身上那麼多傷痕，我們合理懷疑妳虐待她。』我氣極了，大吼著把她們趕出去。

「我這樣做是違法的？我照顧她是違法的？她老公打她不違法？她老公打她的時候你們這些人在哪裡？你們有救過她嗎？所以你們要我怎麼樣？我虐待她？她身上都是傷痕，那我呢？我身上難道不都是傷痕嗎？我的痛你們理解嗎？你們理解嗎？我在家裡面吼著，對阿葉說，都是妳！都是妳！都是妳把我害得這麼淒慘，妳滾出去就沒事，妳滾出去！

「阿葉看著我，拉著我的手，她的手指那麼瘦那麼細，整個人那麼單薄脆弱，眼睛仍是那樣水汪汪的。她小小聲地喊著：阿母，阿母。

「我又心軟了，癱坐在地上。她爬過來靠著我，整個人貼在我的身上，雙手環抱著我，我虛弱地回抱她，我的心又緊又痛，但我已經流乾眼淚，沒有辦法再哭，我沒有想過真正痛的時候是流不出眼淚的。我開始唱著她喜歡的那首歌：『嬰仔嬰嬰睏，一暝大一寸；嬰仔嬰嬰惜，一暝大一尺。搖子口落山，抱子金金看，你是我心肝，驚你受風寒。』

「那天夜晚，我們躺在床上。夜半時分，風扇突然停了。我熱得起床查看，彎身檢查風扇的時候，突然聽到身後的阿葉說：『阿華姐，下次，』她停頓了一會，我緩緩轉身看著她。無邊的黑夜裡，她的雙眼像是明亮寒冷的鑽石般望著我，淡淡地說：『下次，如果我很痛很痛，拜託妳用客廳櫥櫃裡的榔頭敲我的頭，狠狠地敲我的頭。』她又停了一會：『拜託妳。』

「我發現電風扇怎麼也修不好，起身回到床上。我背對著她，感覺到她翻過身靠近我，輕輕地用鼻子貼在我的背上，緩緩地說：『阿華姐，我痛夠了，下次如果這麼痛，妳就殺了我。』

「我渾身是汗，想著，明天，明天起來就沒事了，一切都會沒事的，會沒事的。

「可是明天好遠，好遠。

「凌晨時分，她又開始痛了。她痛到哭的時候，我的心又揪了起來，但我同時又痛恨這樣的她，等等她一定會又大吼起來，尖叫聲會把鄰居都吵醒，她會不斷在地上打滾。她的痛苦將我們一起拉進永無止境的地獄。我到底做錯了什麼？我們到底做錯了什麼？要犯到多深的罪才會被推到這樣的阿鼻地獄裡？每次陷入地獄裡，我總想著，若是時鐘的指針用手指撥過去，時間可以迅速地流逝而去，流過我們身體，流過我們的痛苦，讓我們都不再痛。

「可這次的地獄之火比過去還要猛烈，阿葉開始不停用頭撞牆，不要命地一下下將自己撞到牆上，我費盡全身力氣地拉著她，她卻不知道哪裡來的蠻力，用力地將我狠狠推倒在地上，接著又自顧自地往牆上猛撞，她一下下地把頭往牆壁撞擊，撞到頭都破了，血染在牆上，我忍著痛起身想拉住她，她順勢將我推往牆上，我的頭撞到牆一陣暈，軟倒在地。她見我倒在地上想過來拉我，但她又痛得躺在地上不斷地掙扎，雙手雙腳亂揮，我怎麼也阻止不了她。

「我好累，好累。

「我聽到她突然大吼：『殺了我！拜託妳，殺了我！用榔頭敲我！妳答應我的！快點，妳快把我敲死！敲死我！我求妳，我求求妳，我頭好痛，我頭好痛——』

「話還沒說完，她又痛哭起來，她的哭聲就像雷擊般一下又一下地痛擊我的心，我心碎得幾乎無力承受，整個人如被烈火焚燒、被閃電重轟了一般。

「我好累，好累。

「我拉開櫃子，拿出榔頭，沉甸甸的，把我的心都給拉著一同沉到深處。我一步步地走向她。我看著她在地上不停翻滾，使勁掙扎，不斷地用頭撞擊地面。

「我閉上眼睛，我的身體好重好重。我閉上眼，想起阿葉的眼睛，水汪汪的眼睛，澄澈如水，毫無雜質。

「我聽見她說：『阿華姐，阿華姐。』

「我聽見她說：『阿華姐，夫妻一世情，死後論功過。』

「我聽見她說：『阿母啊阿母，妳為什麼不要我？』

「當我又睜開眼，看到她雙眼圓瞠瞠地看著我，她的眼神彷彿在告訴我：

『殺了我！』

「後來的一切我都忘記了。

「當我醒來，我只記得自己抱著她，她的身體溫溫的，又像是冷的。她安靜地躺在我懷裡面。她不哭了，不吵了，不痛了。窗外的路燈照進了屋裡，我渾身冷得發抖，更加緊緊地抱著阿葉，對她說：『阿葉啊，我們兩個女人，一幢屋子，一張床，一面桌，一餐飯，一個家。』

「不痛了，她不再痛了。我的阿葉，妳不痛了，不會再痛了。

「我唱起她唱的那首搖籃曲：『嬰仔嬰嬰睏，一暝大一寸；嬰仔嬰嬰惜，一暝大一尺。搖子日落山，抱子金金看，你是我心肝，驚你受風寒。』

「妳是我心肝，驚妳受風寒。

「不痛了，不痛了。

「明天，阿葉，明天醒來，明天醒來就沒事了。

「我把阿葉的身軀慢慢地扶回床上，像最初的那晚，我們躺在床上，我輕輕地擁著她入睡。窗外的路燈照進房裡，黑暗裡，我像是浮在空氣中，一切都那麼靜，靜得像是頓悟。

「原來，原來不管你多麼愛一個人，哪怕只是一點點，你都沒有辦法幫她痛。」

初・・戀

百年好合，花團錦簇，
相濡以沫，這是我的初戀。

他說：

「人的一生或許都有兩段初戀。

「我最早的初戀是六歲那年。還記得那年的春節特別冷，張口就能見到白茫茫的寒氣繚繞眼前。母親帶著我去逛年節市場，那是我們剛到台灣的第二年。還記得當時人聲鼎沸，熙來攘往，花團錦簇，光線如一叢叢的煙花於我眼前盛放，但我心裡不知怎麼地特別怕，緊握母親的手。母親買了棉花糖給我，我望著粉嫩膨鬆的糖覺得太美，捨不得吃，一心執在手上。市場裡充滿誘惑，一陣狂炙的叫賣聲吸引了我，我著迷似地走去，直至人潮散去，才驚覺與母親走散了。我先是急，四處找，繞啊轉啊，怎麼也找不著她。我唯有立在原地，低頭看著手裡的糖逐漸融化，弄得雙手黏黏糊糊，眼淚不自覺地落下，低喊著：『媽媽，媽媽，妳在哪？』

「當時那種無依無靠的感覺，我至今仍深深記得。渾身冒汗，極冷極熱，身體輕輕震顫，內裡卻天搖地晃，只因身處的地方如此飄忽又扎實。我雙腿似是踏在一塊堅硬的石上，可整個人又輕得幾乎無重，隨時即要倒去，若真的一倒，我明白沒有人能接著我，我是那麼地孤獨，無所依傍，只能往最深最深的地心無限地墜下去。

「驀地，人潮又再次湧來，推撞著我。我真的墜下去了，感覺身子將往地心落去時，突然有雙手承接了我。母親找著了我。淚眼裡，記得自己似是望見繁花盛放。她身著碎花洋裝，當年好萊塢電影裡的款式，外頭則罩著一件大紅棉襖，極為中國式的，兩者卻一點也不突兀。在我眼裡，母親是那麼美，美得像她當時手裡拿的那束剛買的鮮花。春時繁花，芬芳爛漫，美的終極。母親牽起我的手，笑著對我說：『你別亂跑，走丟了可怎麼辦？』我的眼淚止住了，燦笑地緊擁著母親說：『媽媽，媽媽，我永遠永遠都不會離開妳。』

「母親緊緊牽著我的手，我感覺到她手心滿是汗。她方才肯定比我還急，緊張得手汗直冒。流光溢彩裡，我們相偎著，如同百年前已是如此，百年後亦是如此。百年好合，花團錦簇，相濡以沫，這是我的初戀。

「母親在學校裡教書，一個人含辛茹苦地養大我。父親在戰場上走了，母親總說，我要跟父親學習，做一個對國家社會有貢獻的人；母親又總說，不要學我父親，拋妻棄子，一個人當神仙去。她偶爾躲在房裡哭，發現我在房門外偷看時，她又會淡淡地笑開說：『媽媽買糖給你吃。』我們便一起去逛黃昏市場。母親總買我愛吃的菜，當時家裡景況不好，但只要是我想吃的，母親總會買給我。兩個人在飯桌前，母親吃得少，話也少，只一心專注地聽我說。有段日子我常犯噩夢，夜裡，母親總擁著我睡。每當被噩夢驚醒，痛哭失聲時，母親會輕輕抱著我，唱歌給我聽。我記得她的胳膊，溫暖且柔軟，歌聲清亮和緩。年復一年，小學、中學、大學，每一個日子都是如此。日常看似平乏陳舊，我心裡卻滿是感激，如同那束年宵時的鮮花，春時永不過，花色永不褪，若能長長久久地與母親相依下去該有多好。

「但我卻是那個背叛者。

「後來我承了母親的志業，在師大讀書。當時一眾學子們對教學充滿熱忱，經常討論能對教育領域有所奉獻的思想。有個女同學與我特別有話談，彼時所有人都在討論大學與專科學校分別招考的議題，她提出諸多前衛的思考，關於科目的分別，考試制度可能有的弊病，對孩子的教育潛藏的瑕疵等等，在在令人激賞。她是個志向宏大的女孩，一心想出國攻讀碩博士，學成後歸國教書，以自身所學為本國教育盡一份心力，可礙於女性的身分，又因為家貧，必須格外努力。她是個與我徹底相反的人，我安逸於平凡的生活，胸無大志，或許是自卑感的緣故，特別崇拜欣賞她過人的志氣。我們倆愈走愈近，無話不談，當時自由戀愛仍不興盛，浪漫的戀愛僅是電影裡會發生的事。

「電影，我與她最親密的相連是喜歡看電影。還記得當時看了《真善美》、《西城故事》、《第凡內早餐》……那個年代的影像多美。我們總在週日午後相約去看電影，吃一碗冰果室的糖水冰。她仰慕《真善美》裡的瑪利亞，而我卻只喜歡《第凡內早餐》裡的愛情。她像是奧黛麗．赫本，聰明、可愛、天真，對萬物抱有熱情。我們如此看了三年的電影，我覺得是時候帶她見見我的母親，當時我認定母親也會如我般地欣賞她、深愛她。

「還記得帶她回家吃晚飯那晚，午後天陰，整個世界靜得無聲，電台預報晚上將颳颱風。我們三人坐在桌前，母親備了一整桌的菜，熱情地招呼著她。她與母親特別有話聊，談教育的理念，談孩子的心理，談為人師該有的自我訓練。愈夜，屋外風雨愈大，於是請她留宿一晚，她託辭留宿男性友人家是不好的，但見雨勢猛烈，她撥了電話給家人，家人同意了。那夜，她睡母親的房間，母親則與我同寢。夜半，我起身不見母親，便走到房外，見客廳裡有微光，母親坐在她自己的房間外。幽光暗影之中，我看見母親手持鐵製裁縫大剪，雙眼緊盯著房門，目光炯炯，幾乎要將門板看穿，並以手中的利剪殺死房中的人。母親轉過頭發現了我，她眼裡有烈光，如猛禽瞪視我。我走近她，將她手中的剪刀緩緩取走，扶起她回房。回房後，她以滿是淚水的雙眼凝望我，深沉且哀傷地低聲說：『你怎麼忍心拋下我？你不是說過永遠永遠不離開我？』我心中一冷，不明所以，渾身發顫，寒氣攻心，感覺自己背叛了什麼，但我又不明白自己背叛了什麼。

「因為背叛之感，後來的我總在贖罪。我曾以為人世間最大的幸福是日日與母親相守，難道我背叛了自己的承諾？爾後幾年的日子，我又嘗試帶過幾個女孩回家，但每次母親總是以滿是淚水的雙眼望著我，深沉且哀傷地說：『你怎麼忍心拋下我？你不是說過永遠永遠不離開我？』

「最終我放棄了。我如同一名囚徒，被永恆禁錮於這個家。其後三十多年，母親是專注看守我的獄卒，日日夜夜地守著我。囚徒與獄卒，誰才是真正被囚禁的那個？自願者還是非自願者？我想逃但逃不了，我能逃去哪？我還能逃去哪？這裡是我的家，人不都該有個家嗎？只是當家成了牢籠，人還能逃嗎？我總想起六歲那年，春時永不過，花色永不褪，然而，於伸手不見五指，已無天日的牢籠裡，永恆原來是種折磨。

「我困在無法亦無能逃離的折磨。怎知折磨之後還有更深的折磨。母親後來患病，記憶在暗裡褪色，一點一點地剝蝕凋落。別人總是說：『你們母子倆感情真好。』但我知道他們在暗地裡必然會說：『真可憐啊，孤兒寡母。』

如今的我們真的是孤兒寡母，她只有我，而我只有她。

「記得有一夜，她大哭大鬧，不斷地摔東西，怎麼也安撫不了。她將整個屋子都掀過來，明明已是衰老虛弱的身子，鬧起脾氣依然可以翻天覆地。我癱軟地跪在地上，不斷地磕頭，連聲苦求她，她卻怎麼也不聽我勸。我哭啊，但眼淚怎麼流都流不完我的傷心。倏地，她將熱水瓶擲向我，瓶蓋突然鬆了，我以雙手去擋，熱水燙得我兩臂發紅灼痛。我裂聲嘶吼，哀痛地大叫，她才終於停下了胡鬧。她醒了，緩緩地走來抱我，用手撫著我的頭，如從前般輕聲地對我說：『不哭，不哭，媽媽在這。』我胡亂擦了點藥，隨意地包紮傷口，趁著她安靜，趕忙餵她吃晚餐，忍著手臂的痛幫她盥洗沐浴，扶她回房休息。

「我躺在她身旁，已不知今夕何夕。只記得夜晚好冷，冷到骨頭深處，受傷的手散著藥氣與血腥，刺痛得如有千萬隻蟲蟻在爬。母親對我說：『兒啊，我冷。』我轉身抱著她，她縮了縮身軀，她這些年瘦得只餘骨頭，當年溫暖柔軟的胳膊已不再。我吻著她的額頭，撫著她身軀，一寸寸地撫觸，一點點地吻過去，當年軟如凝脂的身體已經枯扁，我的手指與唇口慢慢地遊走於她的乳，她的腹，她的雙腿間，輕輕地，如過往每一次那樣，只是她不再如從前般濕潤。她悶哼著，枯槁而老朽的身體仍有激情，疼痛且猥瑣。她整個人貼著我，再貼著我，緊黏著，蠕蟲般渴望地鑽進我的身軀裡，又似一個巨大的洞要將我徹底吞噬。我一身熱汗，遍體潮濕，窗外的夜愈來愈深，悄無聲息，恍惚間，聞見她的心音，嗅觸她的腥臊，如千年的屍仍在汩汩地流著血。猝地，她哀吼出聲，幾乎撕裂我的耳膜，整個人塌陷了下去，內裡如焰火奄息。

「她終於靜了下來。

「我哼起從前犯噩夢時她唱的歌，她緩緩地睡去，隨即又醒來，翻過身凝視我。夜裡，她的眼睛如鷹，炯亮發光，準備獵捕般，瞬又暗去，成了雛鳥，柔弱無依，彷彿想起什麼似地說：『我好怕。』她嚶嚶地哭著說：『我好孤單啊，兒啊，你怎麼忍心拋下我？你不是說永遠永遠不離開我？』我已疲憊不堪，沉默無語。她又說：『不如，你殺了我，我好累，你殺了我吧？殺了我，我就不用害怕孤單了。』

「從前因為累又倦，索性不爭執，但那晚或許因雙手的疼痛，又或許是被逼急了，我氣得起身說：『妳怕孤單，我就不怕孤單嗎？妳有我，我有誰？妳走了，我這輩子就真的孤單一個人，而妳卻要我殺了妳，妳就捨得？妳走了，不孤單了，我成了殺人兇手，妳就這樣對我，妳只會這樣對我，因為妳的世界只剩下我，所以妳才這樣對待我，那我呢？有誰可以讓我這樣對待？誰來殺了這麼孤單的我？』」

「那晚過後不久，母親離世了。我曾想像過無數次她的離開，但她真的離開後，所有的一切都不如我曾想像過的。孤單，原來不那麼難，因為孤單從不是一個難題，而是我的餘生。

「母親不在了，但她的鬼魂總在家裡飄著，可能因為我心底有她，陰魂不散的是我的心魔。在家裡待不住，我便往外跑，流連於各個咖啡館。喝咖啡，看書，一杯杯地喝，總待到咖啡店打烊才走。

「前些日子，在一家咖啡店裡，我見到了她。那個我曾以為的第二段初戀。那個志氣遠大的，像奧黛麗．赫本的女孩。她的髮型與雙眼，她的笑聲與語氣，她的神韻與氣息，如從前塵往事裡走來，將我帶到二十歲那年從電影院出來的街，只是街道成了咖啡廳。在櫃檯前，她微笑地說：『黑咖啡不加糖不加奶？爺爺不怕苦啊？』

「爺爺。望著她的微笑，我才想起，是啊，我已經是爺爺了，不再年少。前塵往事朝我走來，我亦已無力承接。我只能每日每日到那家咖啡店，點一杯黑咖啡，悄悄地望著她，望著她的微笑，如望著永恆不能靠近的曾經。曾經，我也見過繁花盛放，燦爛芬芳，或也曾心動與心碎，然而，那是我的曾經嗎？或只是我以為我有過？

「只是曾經已遠，如今，我只有我自己了。

「你問我會否有遺憾？有時一個人走在街上，街燈初亮，人潮湧現，看著旁人牽著所愛的人的手，我總會想起六歲那年，母親牽著我的手，我們走在回家的路上，鮮花的清香撲鼻，整個夜晚如白晝般燦亮，星星為我們燃燒，散發著燦爛的光芒。

「母親走了十多年，如今無論去哪，世間依然繁華，人聲鼎沸，熙來攘往，花團錦簇，如同那年的年宵市場，只是如今的我與母親是真地走散了，若有人撞著了我，已無人能再接住我了。我孤零零的一個人，我的世界裡，繁花凋零，夜已深沉，棉花糖早已融盡，弄得我滿身沾黏，一身緊縛於虛無裡。再也沒人接住的我，只能直直地，沉沉地，無盡地，往最深最深的地心墜下去，再墜下去。

「遺憾必然與愛有關吧？然而，我愛過嗎？這麼多年來，我也曾無數次地反覆問著自己：『我愛過嗎？』我已經七十多歲了，這七十多年來，你覺得，我是愛過的嗎？我是被愛的嗎？我還能夠再愛人嗎？還有人願意來愛我嗎？

「有人願意來愛這樣的我嗎？」

語落，他先是望著遠方，瞬即，緩緩閉上雙眼，微微張口，冉冉呼吸，右掌撫胸，驀地，他徐徐低下頭，以雙手緊擁自己，無聲地痛哭起來。

團圓

我們各自拿著傘走在雨裡，走在回家的路途上，
走了一個世紀那麼長，而無論我們怎麼走，
至今我們之中沒有任何一個人能走到有妳的地方。

這幾日，上午溫度仍微暖，午後便逐漸轉涼，入夜突如其來一場大雨，雨勢滂滂，她連忙奔回房間，將桌前的窗關上。老公寓的外窗台較淺，雨水潑得書桌濕了一片。她胡亂地用紙巾擦乾桌面，於桌前坐了下來，從抽屜裡拿出陳舊的信紙本，紙頁已泛黃。她翻開空白的頁面，緩緩地吸了口氣，徐徐地吐了出來，接著提起筆，巍巍顫顫地寫著：

姐姐：

妳好嗎？

媽媽一早就到市場買菜，原本想陪著她去，但我還是睡過了頭。妳也知道的，我從小就貪睡，小學時，每天六點半要起床，因為學校安排了早自習課，但我總是賴床到最後一刻，仍在睡眼惺忪地刷牙洗臉時，妳早已經穿好制服，端坐在飯廳裡靜靜地吃早餐。

妳的表現總是如此優秀，無論是生活或課業。妳按部就班地向前，做事仔細認真，勤勤懇懇，不曾讓任何人失望。記得中學一年級的級任老師有次對我說：「妳姐姐是二年Ａ班的那位嗎？妳要多學學妳姐姐啊，妳姐姐科展比賽得了大獎，語文競賽也拿了優勝，課業成績更是名列前茅。」聽著這些話，我總是微笑，真心地微笑，同學們覺得我與妳總被拿來比較，我內心肯定感到不平，但他們不會明白，我是由衷地為妳的優秀感到驕傲，只因為妳從來不曾擱下我。

我的數學與理化作業是妳一題題地教我的；英文文法妳也一次次不厭其煩地解說；歷史地理考試前我從來不曾翻開課本，而是讀妳從前整理的筆記；語文作業寫不出來時，妳會引導我一步步地思考題目，領著我怎麼開展每一個段落。即便如此，我的課業成績仍是中等，從那時候開始，我便深切明白，人生裡有些事情是無法強求的，即使用盡了全力，仍不會如妳般優秀，只因妳是真愛那些事物。妳熱愛知識，喜歡創作，本心本意，妳的優秀源自於妳的純粹，這是我永遠學不來的。

我一路睡到午後，醒來走到廚房喝水時，見到飯廳的桌上擱滿了大袋小袋。媽媽轉身望著我說：「醒來了？餓不餓？」她幫我張羅了簡單的午飯，煮了碗甜甜的絲瓜湯麵。吃麵時，見她雙手仍未停下，忙著整理從市場買回來的食材。有五花肉、雞腿、雞胸肉、吳郭魚、龍鬚菜、乾香菇、大白菜、鹹蛋、苦瓜、紅白蘿蔔、玉米與排骨。是的，苦瓜，我到現在仍不太敢吃的，但妳從小就愛吃苦瓜，由此就能看出妳比許多孩子成熟。看著食材便知曉今晚的菜色是紅燒肉、滷雞腿、糖醋雞丁、紅燒魚、蒜炒龍鬚菜、香菇扁魚燉白菜、鹹蛋炒苦瓜與蘿蔔玉米排骨湯，每一道都是妳最愛吃的。

媽媽將龍鬚菜交給我，以眼神示意「這是妳的工作了」。我坐在飯桌旁，將龍鬚菜的粗纖維仔細地撕去，想起小時候的週末，我們總一同圍坐在飯桌旁幫忙理菜，或者午後時在這吃甜點，談著昨晚八點檔的劇情，又談到最近喜歡的歌手，想與同學去看哪部電影，哪位藝人的八卦；談著談著又談到學校附近開了家新的早餐店，而妳的早餐選項永遠是了無新意的火腿蛋吐司，我則是整張菜單反反覆覆地看了兩回都不知道選哪個好；妳提及最近讀了哪本喜歡的文學小說，我則是熱中追看某部少女漫畫，如此天南地北，無邊無際，隨意自在地談著話，一路談到傍晚時分。

媽媽將食材醃製好放進冰箱，只留了馬上要處理的幾樣，如同準備上場的將軍，環顧千軍萬馬似地宣布：「等等要先來炒個糖色做紅燒肉，這至少要燉個半天才好吃，還得另外再起個鍋煮雞蛋，將雞蛋與雞腿一起滷，這樣才能入味。妳啊，別光是看，要學起來，未來到夫家進廚房才不會慌。」

此時客廳的電話突然響起，我趁機溜開。接起電話，傳來爸爸的聲音：「怎麼這麼晚接？」我說：「你怎麼不打手機？」他說：「妳們兩個人的手機都沒接呀。」想起剛剛我們都在廚房裡。爸爸又說：「我們往年訂的那家蛋糕店，前幾天電話怎麼也打不通，我想說今天直接過來看看，居然已經倒了，蛋糕該怎麼辦才好？」聞言，我笑著說：「別擔心，我前幾天就知道這事，請男友幫忙訂了另一家店的蛋糕，我昨晚已經帶回來放在冰箱裡了。」爸爸急著說：「確定可以嗎？是巧克力口味嗎？」我說：「當然是巧克力口味，而且保證好吃。」

爸爸仍如往常地在意蛋糕。還記得妳九歲生日時，央求爸爸買當時電視新聞裡介紹的某家義式巧克力蛋糕，平時甚少有所求的妳提出這樣明確的願望，爸爸深感意外之餘，即使得大排長龍，他仍託人買到了。巧克力蛋糕並不如想像中美味，口味微苦且澀，一點也不甜，對於九歲的孩子而言，巧克力沒有草莓或奶油蛋糕來得吸引人，但妳卻開心地笑了一整晚，直說好吃，此後每年妳的生日，爸爸總是買巧克力蛋糕。

掛上電話後，媽媽從廚房裡走了出來，見我坐在沙發上發愣，於是說：「有時間的話去將房間打掃打掃。」她說的是妳的房間。

打開房門，房內傳來淡淡的玫瑰香氣。忘了從何時開始，媽媽總在妳的床頭擱一盤乾燥的玫瑰花，她說妳曾提過玫瑰是《小王子》最愛的花。更早以前，這是奶奶的房間，那時我們更年幼些，奶奶同我們住。每個夜晚，我們總窩在床上聽奶奶說睡前故事，聽累了便貼著奶奶的身子睡。妳睡奶奶的左邊，我睡奶奶的右邊。奶奶總說，妳睡覺時很安靜，翻身也是輕輕地，而我卻大手大腳，踢了整晚的棉被。

我坐在妳的床上，環顧整個房間，乾淨得如從前般，根本無需整理。書本整齊地按照高低順序於書櫃裡排列，書櫃裡還有妳喜歡的和服玩偶，那是爸爸到日本參與研討會時幫妳買回來的，當時是買兩人份的，但我的早已不知道給我丟到何處了。

妳的牆上掛著兩張海報都是王菲。那時妳總哼著：「我願意為你，我願意為你……」每到假日，妳就會重看一次《重慶森林》，學王菲唱著〈夢中人〉。某次影片結束，妳說總有一天妳要去看王菲的演唱會，聽王菲現場唱〈我願意〉與〈夢中人〉。

我翻開妳床頭的《小王子》，讀了幾頁。午後的陽光灑進屋內，冬日裡的陽光暖暖的，忽地倦意襲來，我擁著書本在床上睡去。夢裡，我彷彿聽見狐狸與小王子的對話，狐狸對小王子說：「你在玫瑰身上所花費的時間，讓你的玫瑰花變得如此重要。」花的香氣撲面而來，我覺得腹部被踢了一下，驀地醒來。

這些日子孩子總是在午後踢我。我還沒告訴妳，我懷孕了。是的，是去年與妳談到的那個男孩，小我三歲，兩個人在同個辦公室裡工作，原本只把他當弟弟看。某次公司火災警報響起，原以為只是測試，結果一股濃重的煙味傳來，還沒搞清楚狀況，眾人便奔逃起來。我在樓梯口被推擠，左腳鞋跟斷了，跌坐在地，他見狀將我扶起，眼見人潮洶湧，遂將我揹著，一路從十六樓揹到了一樓，這樣戲劇般的情節教人如何不愛上他呢？妳知道的，我最愛的就是浪漫愛情電影，從前總是要妳陪我一起看，我每次都哭得唏哩嘩啦，妳卻笑我這麼愛哭怎麼可以。幾個月前，發現自己月事沒來，想說應該是有了，才帶他來見爸媽。幾次相處下來，爸媽比我還喜歡他，說他老實、誠懇、穩重、有責任感，真的是什麼優點都有了，比我還要優秀，妳說是不是讓人生氣？沒多久婚事也訂了，只是礙於疫情，婚禮仍沒能辦成。雖然人人誇他好，但姐妹之間說點真心話，男孩還是有缺點的，那就是薪水比我少了點。

結果一說孩子父親的壞話，孩子便又踢了踢我，這孩子還沒出生就跟爸爸站在同一陣線。當我輕撫腹部，想與他進行一點教育指導時，門外傳來媽媽的聲音：「吃飯了。」

走到飯廳，果不其然，桌上擺的都是意料中的幾道菜餚。我坐在自己習慣的座位，桌子左邊的第二張椅子，右邊那張是妳的位子。我望著滿桌的菜餚，思索了幾番，舉起筷子夾了一片鹹蛋苦瓜，猶豫了一秒後含進嘴裡，鹹苦的滋味在舌上蔓延，我連忙將苦瓜吞進肚裡，喝了一口湯沖散口中的味道。我想我仍習慣不了苦味，只是每次看到鹹蛋苦瓜時總想知道，妳為何著迷這樣鹹苦的滋味？

一頓晚飯，眾人吃得極慢極慢，如同有一輩子那麼長，但我們又渴望這輩子能再長一些，長到永遠，永遠永遠不要結束。然而，永遠太遠太遠，時間總不等我們便自顧自地前行。滿桌的菜餚，三個人吃著實太多了，爸媽這些年吃得比從前更少，因為年紀大了，媽媽總說消化不好，晚飯吃得多會睡不著。爸爸甚至連晚飯時必定要喝的酒都不再喝了，不是因為醫生叮囑他有三高，而是酒的味道已無法帶給他口感上的滿足，喝了反而只得胃疼。

飯後，我們清空桌面，將巧克力蛋糕放在桌子的正中央。爸爸關上整個屋子的燈，將蛋糕點上蠟燭。我們靜靜地看著蠟燭燃燒，沉默著，延挨著，沒有人出聲，更沒有人去吹熄蠟燭。我們緊緊地凝視蠟燭，看著它緩緩燒融，直到發現燭油將要染上蛋糕時，爸爸才急急地吹熄蠟燭，並將熱燙的殘燭移開。我望著擱在桌旁的塑膠蛋糕刀，卻沒有一絲力氣去拿，爸媽也是，三個人就著窗外的路燈餘光，於黑暗裡望著蛋糕，望了幾乎有一世紀那麼長。

今晚的我們仍然沒有勇氣吃下蛋糕。

每次我都忘記晚飯是怎麼結束的。我只記得，每年的這天，夜晚總會下雨，雨勢磅礴，來得匆促，而我總是急急忙忙地奔回房間關窗，接著便坐在窗前寫信給妳。

這幾天陰雨天，濕氣重，天氣轉冷，如當年的那晚的冷，冷得教我們每個人都不斷地顫抖。我們各自拿著傘走在雨裡，走在回家的路途上，走了一個世紀那麼長，而無論我們怎麼走，至今我們之中沒有任何一個人能走到有妳的地方。

然則，即使我們仍未能走到妳所在的地方，但我們承諾過妳的，我們都會好好的。

姐姐，妳好嗎？

記得有空回來看看爸媽，看看我，還有妳未來的姪兒。

我們都非常非常想念妳。

妳摯愛的妹妹

她擱下筆，將信紙仔細地摺疊成長方狀，放入信封裡，用膠水嚴嚴實實地封起。打開另一個抽屜，拿出餅乾鐵盒，將信封輕輕擱了進去，蓋上盒蓋前，彷彿想起了什麼似的，又拿出盒裡的信，一封封地輕撫著。盒子的最底，擱著一張剪報，紙張泛黃，墨跡黯灰，看見剪報，她又趕忙地把信全放進盒子，蓋上盒蓋，將鐵盒收進抽屜裡。

她鑽入被窩，緊擁著自己，用力深呼吸，雙手不自主地冒著冷汗，身子輕輕地發抖。她竭力安撫自己，緊閉雙眼，忘了隔了多久的時間，終於沉沉地睡去了，沉到夢的夢裡。

在夢的夢裡，夢的最深最深之處，那張剪報又如夢魘似地飄了過來，飄近她的耳邊，有個聲音輕輕地讀著：

二〇XX年XX月XX日，女博士生失蹤案終於有了進展。女博士生於生日當晚外出後未再返家，家屬報案後，經警方調閱相關資訊，追蹤多日，今於犯嫌住處將其逮捕，並於其寓所中發現被肢解的女性屍體，其四肢軀幹僅餘部分，未能尋獲的部分疑已被棄置他處，而頭顱則藏於浴室，以藥水浸泡，面目模糊。逮捕過程中，犯嫌並無掙扎，全程保持沉默，詳細原因仍有待檢方進一步釐清——

‧寶寶‧

我在無數個喜怒哀樂中學習當一個母親，
於無數的挫折中努力成為一個母親。

他疲憊地走出院外，想著自己已經多久沒有到屋外的世界走動。寒流來襲，冷風刺骨，他直打哆嗦，又拖著步伐走回到院內。坐在醫院大廳的椅子上，拿出母親交給他的信封，打開像是反覆摺疊過無數次的信紙讀著：

寶寶：

媽媽想過要怎麼叫你，想了幾次還是想叫你「寶寶」，即便你已長大成人，但對媽媽來說，你依然是媽媽的寶寶。記得剛懷你時，每天都跟你爸爸談你，即使是第二胎，卻比懷你哥哥時更在意。別人都說第二胎應當不會再緊張了，但你卻讓我吃盡苦頭，第一胎沒遇見的問題都遇上了。我孕吐得特別厲害，你總是踢我，始終安靜不下來。晚上睡覺時，我的小腿老是抽筋，渾身是汗，夜夜難眠。生產時也特別艱困，用盡全力仍無法順利產下你，折騰了數個小時，幾乎難產，最後才決定剖腹。

醫生將你帶離我的身體，聽見你的哭聲時，我才放鬆了下來，暈了過去。醒來後，急忙地問周圍的人：「寶寶還好嗎？」他們點點頭，但我依然感到不安，即使身體極為虛弱，仍堅持要去看你。站在育嬰室外，見到你熟睡的面容，與我多麼神似。我學著你呼吸的頻率，一吸一吐，彷彿能感受你的存在，知道你是平安健康的，我的心才真正地安定下來。想著：「還好，我的寶寶平安健康。」

我這一生總在擔憂你。你年幼時總是哭，日日夜夜地哭，餓了哭飽了也哭，想睡時哭睡醒也哭，病痛時哭病癒時也哭，無止無盡地哭著，爸爸被你氣得暴跳如雷，索性任由你哭也不管，於是我搬進你的房裡睡，沒日沒夜地照顧你。奶奶來看你時總告誡我：「這麼寵孩子不行啊。」我只是微笑。不知道怎麼地，我覺得你與我特別親。

我特別捨不得你。

記得你第一天進幼稚園，我親自送你去上學。回程路上，我若有所失，好似某個部分被掏空了。返家後，處理家務時，內心惶惶不安，焦躁難耐，不停地看錶看鐘，時間過得好慢，慢得我恨不得馬上出門接你回家。還不到放學時刻，我便早早出門。怕給人笑話，站在幼稚園外的路口等，待時間到了，才裝作若無其事地走近。幼稚園門外有許多家長等著，一群孩子搭上了娃娃車，另一群則在院裡等著。眾多娃娃頭裡，我一眼就見到你。看見你時，我心裡默喊著：「寶寶，媽媽的寶寶。」你見到了我，奔過來抱緊我的腿。老師走了過來與我說話時，你握緊我的手，撒嬌地貼著我。老師笑說你哭了一天，第一天都是這樣的。我心裡莫名地暖，想著你與我一樣，我們都害怕分別。

我們此生經歷無數次的分別。你每日出門上課時，我總在門口與你道別。望著你出門的背影，我於心中默禱，只要你平安健康就好，其餘的我都不在意。我不明白其他父母的心情，對我而言，孩子的平安健康已是我的全部。

然而，除了平安健康外，你總給我更多的安慰與驚喜。你成績優異，表現傑出，個性溫婉善良，無論做任何事情都充滿熱忱。你喜歡語文，擅長演講與朗誦，作文寫得極好，老師常說你未來必定傑出有成就。你得過無數獎項，我珍惜地收著你的獎狀獎盃。我不避諱談論你的優秀，卻又時刻提醒自己不要張揚得過分，怕讓你覺得我只期待成功，拒絕失敗。其實比起成功優異，我更希望你平凡平安。

我盡力細心地照料你們的生活，準備營養俱全的三餐，慎選課外讀物，避免過度關注你們，告誡自己不要對你們拘束過多，適時從旁關心。斟酌用字遣詞，拿捏行為舉止，生怕說錯一句話，做錯一個舉動，可能因此誤了你們的一生。

日日見你平安歸來，安然地度過學生生活，我總萬分感激。每一次離開家庭的庇護，於每個人而言都存在惶惶的威脅。對於母親而言，孩子能夠平安地回家，已是值得慶幸的事。

養育孩子的艱難，未曾當過父母的人是不會明白的。言行舉止，思想心境，憂慮或快樂，卑微或驕傲，我在無數個喜怒哀樂中學習當一個母親，於無數的挫折中努力成為一個母親。即便如此，我們仍避免不了爭執，避免不了期待與失落，更避免不了你們的人生遭遇無可預料的意外。我總害怕即使用盡全力仍無法保護你們，無法免除別人對你們造成無可挽回的傷害，於是在無可為力的時刻，我誠心誠意地向神祈禱，祈禱你們不要遭遇苦痛，不要遭受到無法痊癒的傷害。

只是神仍然忽略了我的祈禱。

記得將升上高中三年級的開學日，你關在房裡不出門，我敲了無數次的門，房內仍然沒有動靜。我急了，請爸爸來幫忙，拿出備用鑰匙打開門鎖後，發現你躺臥在地板上，左手臂上全是血，失去了意識。我們急忙將你送醫，幸好傷口不深，沒有大礙。待你醒來後，無論我們問什麼，你始終沉默不語。返家後，你將自己深鎖在房裡，幾乎不吃飯，完全不說話，開始拒絕上學。

那段日子，因為害怕與擔憂，我請假在家，每天坐在你房門外靜靜地等。害怕發出聲響，我端坐著不動，坐到腿麻發痛。我凝望著房門，不敢哭，但內心全是淚水。我想著該如何才能讓你敞開心房，願意對我訴說你遭遇的痛苦？而當你說出口時，我又該怎麼安慰你？我是個擁有足夠智慧的母親嗎？如果是，為何我的孩子選擇了傷害自己的事？我是否曾於不自覺間忽略了什麼？我是否不夠敏感與細心？於是當我的孩子遭遇傷痛時，我錯過了關鍵的一刻，於是當你選擇傷害自己時，我只能無助惶恐地在你的房門外沉默地等待。

你的房門彷彿是一座高山，我用盡全力，幾乎窒息，仍然到不了你所在的地方。

我還記得，等了十七天，你終於打開了房門。房門開啟的瞬間，我如同望見奇蹟的聖光。你面目空洞地望著我，雙眼徹底失去靈魂。我連忙上前抱著你，安靜且輕柔地擁抱你。

你的心門仍然沒有打開。

我們安排你轉學，然而，即使到了新的學校，沒多久你又開始拒絕上課。換了無數所學校，情況依然沒有轉變。我們帶你看了無數個醫師，申請在家自學，事情依然無好轉的跡象。每次看診前，你便將自己鎖在房裡，我總要在門外苦勸許久，幾乎要錯過看診時間；你只要看到課本就會暴跳如雷，氣急敗壞地摔東西，整個人瑟縮在牆角，抱著自己痛哭失聲，但無論我問你什麼，你只回以沉默。你拒絕我靠近你，拒絕我的關心。某次，爸爸終於忍不住，將你從地上拖起來，狠狠地打了你一巴掌，那一巴掌，也將整個家打碎了。

那個夜晚你又一次自殘，你爸爸癱軟無力地說：「讓他死吧，那孩子沒救了。」我憤憤地與他爭執，雖然我知道他並非不愛你，他只是累了，我們都累了，如果我們繼續待在那個屋子裡，肯定會將爸爸和哥哥也累垮。

我帶著你搬了出來。因為擔心你，我辭掉了工作，在家接案。我依舊認真地料理你的三餐，即使知道你吃得少，但我仍堅信只要吃得營養，你就會逐漸好起來。我無法照顧你的心，因為你不願意對我訴說你的心遭遇了什麼事，我所能做的就是照顧你的身體，以及等待。

我等待，無止無盡地等待。我全心全意地等待著你。

所有人都責怪我太寵你。親戚們知道這件事後說孩子不能寵，不去上學就逼他去，不聽話就要罵要打，不能縱容孩子，否則會寵壞他們。奶奶說，一定是我慣壞你，從小到大只要你不願意，我便百般讓著你。

但他們不會明白，我並不是寵你，我沒有縱容你。即使我明白得不多，但我深信自己比任何人都更明白你。我看過你對學習的熱忱與生活的用心，我懂得你的溫婉與善良，我知道你並沒有變壞，你只是受傷了。

他們不會明白，面對生命的摯愛，我無法從擁抱或放手之中選擇其一，無法輕易地說放棄，因為我放棄的不是你，而是我們。

我唯一能做的只有等待。等待你的心從沉睡中醒來，等待你打開心門。

只是我沒意料到要等十年，才能等到那刻。你爸爸罹癌後，我於兩個家之間奔波，照顧你與爸爸。我日夜忙碌，筋疲力盡。某天深夜回到家裡，看到放在你門外的晚餐你一口也沒動，從前的我會默默地將餐盤收走，自己將冷掉的食物吃完。但那晚將餐盤放回餐桌時，我卻忿忿地將晚餐掃落在地，杯盤碎裂，跪坐在地上痛哭起來。十年來，我第一次崩潰得無法自已，想著要等多久，我還能等待多久？我哭得不能自已，像是要將十年的眼淚在那刻全數流盡。

你打開房門，我抬頭望著你。你的眼裡滿是淚，我知道你一定自責不已，但我已無法再忍，我已身心俱疲，唯有眼淚才能解救當時的我。你跪下身擁抱我，反覆對我說對不起。我好想說，不要抱歉，不是你的錯，但我說不出口，原來我心裡仍是責怪你，我責怪你為什麼不願意告訴我你怎麼了，這世上唯有我是相信你的，你為什麼不願意告訴我？於是我說：「可以告訴我，就這麼一次，告訴我，告訴我你怎麼了？」

你怯怯地說：「高中那兩年，不知道為什麼，無論我做什麼都會被同學討厭。開學沒多久，他們便開始找我麻煩，笑我、踢我，把我鎖在廁所裡，每天把我的課本藏在找不到的地方，上課時會有人拿東西從我身後丟我的頭，體育課時總是用籃球瘋狂砸我，所有可以想到的事情他們都做了。我也反抗過無數次，但無論怎麼反抗都沒有用。高二的暑假，四個男同學把我拖到體育館的儲藏室裡，他們，他們……」他們兩個字，你哽噎著說了無數次，努力地想把話說完，卻始終說不出口，然而，我凝視你的雙眼，那個瞬間，我知道我等到了，我明白了。我擁抱著你說：「不用說了，沒事了，沒事了。」

後來爸爸離開了。你在靈堂上痛哭，返家後，你重拾課本，希望能以同等學力考上大學。我總是告訴你不要急，不用害怕，慢慢來。不知怎麼地，我內心仍是惶恐不安，每個夜晚都難以入睡。某個深夜，我聽到你在房裡哭泣的聲音，起身察看時發現你又一次割了自己。你對我說：「媽，我好怕，我好怕。」

我趕忙送你到醫院，醫生幫你打了針，你熟睡了。我走到病房外，疲倦得沒有絲毫力氣。我閉上眼睛想著，我還能為你做些什麼？我還能再等嗎？我還有力氣再等嗎？

結果等待與否卻由不得我選擇。

一年前沐浴時，摸到自己的左胸有硬塊。在撫觸乳房前的幾個月，已隱約覺得乳房疼痛，但我卻害怕面對事實。到醫院做了檢查，得知結果的那天，我並不為自己感到難過。記得離開醫院後，立刻打了電話給你哥哥。當晚，我約了他吃飯，將這件事情告訴他。記得他得知這件事情的第一句話並不是問我的病況，而是對我說：「媽，妳不覺得妳這樣對我很殘忍嗎？」

我望著他，沉默得不敢說話。

「這輩子妳有關心過、在乎過我嗎？妳生病的第一刻就來找我，我難道會不明白妳的用意嗎？妳並不是因為我很重要而告訴我這件事，妳是來求我照顧弟弟吧？妳那個已經廢掉的，沒用的，最寶貝的兒子。妳真的覺得這樣做不殘忍嗎？」他用憤怒的眼睛瞪視我，眼眶裡滿載著淚水。

我多年來的害怕仍然發生了。當我傾盡全力照顧你時，我知道我忽略了另一個摯愛的孩子。但我只有一個人，我如何有兩份完整的力量去愛你們？我仍是個失格的母親，我讓你遭受別人傷害，而我又殘忍地傷害了你的哥哥。

寶寶，我是不是做錯了？但，我該怎麼挽救我的錯？

寶寶，我好怕，我好怕。

從那天起，我日夜擔憂著你。擔憂自己還有多少時間能等待你的康復，等待你能不再害怕這個世界。可是，我好累，我終究是等不到了。

寶寶，我很愛你的哥哥，也很愛你。我深深地愛著你們，可是我終究做錯了，對吧？

寶寶，對不起，對不起，我無法再等了，但你不要害怕，你知道媽媽永遠會在這裡，所以，千萬要記得，不要再害怕了。

媽媽走了，但媽媽仍會永遠看顧著你，千萬要記得，不要害怕，好嗎？

寶寶，我愛你。

愛你的媽媽

他將信紙輕輕地摺好，壓在胸口，幾欲窒息，未幾，失聲痛哭了起來。

呼・救

我不過是個平凡人，
我連自己都無法拯救，
我又該怎麼去救另一個人？

您好：

寫這封信之前，我猶豫了許久。我思考著該怎麼談論存在我內心的真相，但真相重要嗎？或者該說在這世界上，有人在乎真相嗎？如果每件事的背後都存在真貌，存在致使這件事發生的原點，那麼我想與你談的關於我弟弟所做的事，或者我弟弟所做的事情與我之間的關聯，它的真貌與原點是什麼？

我想起了十二歲那年發生的事。那時候小學生們正流行玩「電子雞」，當時我與弟弟也跟父母吵著想買。當時爸爸承諾，只要月考考第一名就買給我們。我與弟弟的成績向來優異，總在班上前三名，即便如此，要真正穩穩地考上第一名，除了努力外仍需要些運氣。那次的考試我比過往認真，為了激勵自己，每天放學都會和弟弟刻意地經過賣「電子雞」的玩具店，走進店內去撫摸那些商品，內心也曾泛起過邪惡的念頭，想著如果現在偷偷地把這個東西藏進書包裡，不用等考完試就能擁有「電子雞」了。然而，我仍然沒有勇氣，我只是靜靜地看著它，期許自己能考第一名。但考試的結果，我因為粗心少了兩分而成了第二名。拿到試卷的那天，記得是個午後，我猶豫著要偷偷地更動試卷上的答案，以老師不小心改錯了，請老師幫我加分讓我能得第一名，還是放學時到玩具店偷走架上的「電子雞」。最後無論哪個，我都沒有做，因為我害怕，我終究不是個能做「壞事」的人。

那次月考，弟弟考了第一名，爸爸依照承諾買了「電子雞」。拿到「電子雞」的那天，弟弟並不是欣喜地打開包裝，而是拿著它跑來我的面前，對我說：「哥哥先玩。」我疑惑地看著他，我深刻地記得他的眼睛。他的瞳眸圓潤澄澈，眼神極其乾淨純粹地望著我說：「你在店裡一直摸著這個，你一定很想很想玩吧？那給哥哥先玩。」他說著並且將「電子雞」放在我的手中。他的動作非常地直截，近乎無私地想把他所擁有的交付與我。

後來每次想起弟弟，想起的都是這樣的他。想起他的無私與直截，想起他的雙眼，圓潤澄澈，極其乾淨純粹。

若要談論關於我弟弟的事件，有件事是必須與你述明的，這件事外人從不曾知道，而我至今也仍未知悉事情的真相。

那件事發生在弟弟高中三年級的某個早晨。我與弟弟的房間相鄰，前一夜，我忙著學校報告而徹夜未眠，一早準備入睡時，聽見門外傳來聲響。母親用力地拍打弟弟的房門，當時已經七點多，已過了出門上學的時間。後來媽媽找來爸爸，以備份鑰匙開了房門，隨即傳來尖叫聲。弟弟躺臥於地板上，手臂上全是鮮血。爸媽連忙叫了救護車將他送醫。那天過後，弟弟不再說話，無論問他什麼，他都沉默以對，將自己鎖在房內，拒絕上學。這與過去的他截然不同。他從前是品學兼優的模範生，無論是考試或競賽都名列前茅。他個性負責認真，從不曾讓家人擔心，我們都無法想見他究竟遭遇了什麼。

母親因為害怕弟弟出事，跟公司請了長假，日夜坐在弟弟的房門前面等待。我每日出門上課前，總會看見憂心忡忡的母親。她雙眼凝視著弟弟的房門，幾乎將房門看穿。她看見我時，眼睛總滿著淚水卻不敢讓眼淚落下，而我倍感無奈，愛莫能助。我當時忙於準備研究所甄試要用的資料與企業實習，課業繁重，分身乏術，對於一切只能靜默地在旁支持與等待。每次出門前，我總輕輕地拍拍母親的肩膀，安慰她一切陰霾總會過去。

然而，陰霾未去，暴雨緊接而至。弟弟雖然打開了房門，心門卻仍深鎖。父母幫他轉過無數個學校，換了無數位醫師，甚至申請在家自學，事情依然不見起色。當時我非常恐懼深夜，弟弟總在深夜時間發作。夜半總聽見隔壁房傳來沙啞的嘶吼聲，喉嚨裡拉扯出血絲般地低吟，接著開始捶打牆壁，發了瘋似地用頭撞牆。我們需費盡全力才能拉下他，甚至想過將他綑綁，可每每看到他的眼睛，那雙圓潤澄澈，極其乾淨純粹的眼眸時，我們內心的憐憫又湧了上來。某次他又發作了，趴在地上痛哭失聲，不斷地以頭撞擊地面，爸爸終於忍不住，一把拉起他，狠狠地摑了他一巴掌。那一瞬間如電影慢動作般在我眼前發生，那一刻，我知道我的家徹底被打碎了。

母親帶著弟弟連夜搬出家門，賃屋而居。過後數年，一家人分居兩處。自此，母親全心全意地照顧著弟弟，而我歷經研究所、服兵役、出國留學、返國就業，近十年的日子，我與他們的關係日漸疏離。返國後不久，父親便罹癌了。父親病後性格變得暴躁，無法於醫院久居，無奈之下，母親開始奔波於兩處，一面看顧弟弟，一面照料父親的起居。偶有幾次，我結束工作返家，於玄關見到剛要離開的母親。彼此眼神對視，她白髮蒼蒼，身形消瘦，整個人像給日子壓扁了似。我內心有著千言萬語，但還沒能說些什麼，她便離匆匆離去。我至今仍深深記得，無論當時說些什麼，她嘴上總是掛著：「你弟弟他……」而病榻上的父親平靜無痛時也總是說：「你弟弟他……」

如今想來，當時近十年以上的時間裡，我身邊的人，無論是誰，見到我的第一句總是：「你弟弟他……」彷彿整個世界只剩下他是值得被關心的。他將自己藏於深處，暗無天日，不發一語，封閉自我，拒絕面對社會，但我身邊的每個人總是心心念念著他。而我卻在日光下被隱形了，無論努力了什麼，無論我達到什麼成就，皆像是為了補償他所缺失的。記得在美國拿到博士學位的那天，打越洋電話給父母親，他們說的第一句話是：「還好有你，不然你弟弟他……」

父親離世前的某夜，在病床旁對我說：「記得照顧你弟弟。」我聞言後千頭萬緒，心底尷尬糾結，痛苦與疲憊交雜著，說不出一句話來，只能輕輕地、沉重地點頭。

再次見到弟弟是父親喪禮的那天。他一如過往，渾身潔白清淨，高瘦的身形於人群中更顯單薄無依，似乎輕輕一碰就會碎裂。他於靈堂前哀哀地落淚，哭聲細緻得讓人心疼。有幾次，我們雙眼對視，他的眼眸仍是印象中的那般，圓潤澄澈，極其乾淨純粹。

父親離開後，母親反而變得光彩了些。她說弟弟開始讀書了，準備著大學考試。母親搬出去住後，我與母親見面的次數極少，有一年甚至只在春節時見一次面，吃一頓無言以對的團圓飯。團圓飯總是吃得匆促，她趕著到另一個家與弟弟吃飯，我不過是她生活中一個勉強完成的「交代」，團圓並不圓。她偶爾撥電話給我，也僅是簡單幾句問安，再無其他。我倆早已因時間與空間的相隔，生出言語的窒礙，甚或全因為弟弟的存在，變得無法亦不願靠近彼此的生活。

母親再次與我認真談話，是她確診乳癌的那晚。我們在餐廳裡，她先是說些不著邊際的話語，隨後便將自己患病的事情全數傾倒給我。我記得自己坐在桌前，渾身發冷，不斷發抖，多年的憤怒湧聚胸口，不禁氣急敗壞地對她咆哮：「這輩子妳有關心過、在乎過我嗎？妳生病的第一刻就來找我，我難道會不明白妳的用意嗎？妳並不是因為我很重要而告訴我這件事，妳是來求我照顧弟弟吧？妳那個已經廢掉的，沒用的，最寶貝的兒子。妳真的覺得這樣做不殘忍嗎？」

那晚過後不久，母親便離開了。喪禮的那天，弟弟缺席了。我看著母親的遺像，想起那晚對她的斥責，我驚覺自己一點也不後悔對她的怨怒。她用盡半生照料且摯愛的孩子，卻在她的喪禮缺席。她的真心給弟弟狠狠地糟蹋了。

我與弟弟繼承了父母親的遺產，父母一生辛勞，留下為數不多但足以讓我們安居立命的財富。後來我未曾與弟弟再有聯繫，偶爾聽聞他變得健康許多，終於考上了大學，返回學校讀書。幾次親戚們來電詢問關於他的事，我總是安靜不語，以此婉拒他們的關心。

我以為此生與他再無關聯，即使我偶爾仍會想起父母親的託付，但我倆早在多年前已是平行線，無法交集的二者，即便想做什麼都是徒勞。

然而，平行卻出現擠壓錯疊的時刻。

那是個午後，我在學校課堂上授課時，手機不斷地響起未接來電的通知。下課後，我連忙回撥，對方回覆是警方，告知說我弟弟殺了人，需要我立刻到警局幫忙釐清案情。我疑惑驚懼，打開電腦搜尋，點開第一則新聞：「女博士生失蹤案終於有了進展。女博士生於生日當晚外出後未再返家，家屬報案後，經警方調閱相關資訊，追蹤多日，今於犯嫌住處將其逮捕，並於其寓所中發現被肢解的女性屍體，其四肢軀幹僅餘部分，未能尋獲的部分疑已被棄置他處，而頭顱則藏於浴室，以藥水浸泡，面目模糊。逮捕過程中，犯嫌並無掙扎，全程保持沉默，詳細原因仍有待檢方進一步釐清……」

新聞影像裡，他那雙眼神消失了。原本圓潤澄澈，乾淨純粹的眼神變得混沌曖昧，看不見底，萬物被他的雙眼屏蔽於外。

但將萬物屏蔽於外的不只是他雙眼。過後的我亦被社會屏蔽於外，深陷泥淖，甚至遭到無止盡的侮辱踐踏。

短短不到幾個小時，網路上充斥漫天的謾罵聲。無數封恐嚇威脅的信件寄至我的電子郵箱；我在學校網站上為學生開設的解題留言板被留下各種辱罵的字句；我的社群帳號不斷被人嘗試登入，公開貼文底下滿是情緒暴虐的留言。我的過往人生被徹底挖出，學經歷被新聞媒體曝光，甚至連求學時代的照片也被陌生人貼出，公開展示，彷彿我才是加害者。

我冷汗涔涔，還未意識到發生什麼事，我已經成了犯罪者的家屬，甚至被當成犯罪者的同謀。因為弟弟多年隱藏自己，眾人找不到任何與他有關的事物，他在網路世界近乎隱形。眾人無法攻擊傷害加害者，於是將我當成箭靶，恨不得將我萬箭穿心。

我趕到警局幫忙製作筆錄，但我對弟弟的生活毫無知悉，能提供的資訊少之又少。踏出警局時，記者連番砲轟式發問，一句句看似問題實則語帶羞辱的問話，我瞬間被恐懼、焦急與無助徹底淹沒，頭痛欲裂，崩潰得痛哭失聲，於是有了後來那不斷被新聞媒體重播的畫面——我在鏡頭前失去理智，裂聲哭吼著：「人不是我殺的！人不是我殺的！不是我的錯！不是我！」

過後數日，我生活徹底崩塌。學校要我暫停授課，直到新聞平息。我的住家遭人破壞，信箱塞滿各種辱罵的信件。我關閉社群，手機關機，拔掉家用電話線，亦不敢上網看任何資訊。我日夜煎熬，茫然無措，甚至想過要自殺，但即使要死，我也想問清楚原因。

我去看守所見我弟弟，無數次。每一次，他皆如同高三時沉默以對，什麼話也不說。想起外界對我與家人的羞辱謾罵，怒氣攻心，若非隔著障蔽，我真想拉起他的領子，好好地痛打他，把眼前這個喪失靈魂，僅餘軀殼的人打醒。

然而，我沒有。我想起母親罹癌後來見我時的模樣。我萬分心碎，我不知道我心碎的是失去了家庭，失去父母的愛，還是心碎於弟弟犯下了滔天大罪，甚或是心碎於世人對我的羞辱與傷害。無論何者，最終我不僅得面對心碎，還得面對人生的碎裂。不是我犯下的過錯，我卻為此深陷過錯之中，而鑄下大錯的人卻沉默以對，對於所犯的罪行一語不發。

那日過後，我與弟弟始終處於無言的僵局。他在法庭上保持沉默，而我在難堪的現實中沉默地縫補日常的碎裂。新聞平息後，我努力回到正常的日子，但我卻無法縫補與弟弟的關係，他持續安靜，渴望以無聲的方式殺死自己。

判處死刑的隔天，我去監獄見他，他比往常更為沉默。我發現沉默並不是聲音或語言的不在，而是空間與時間的凝滯，萬物被濃縮於極其矮窄的隙縫，身處隙縫裡的人注定動彈不得。

我凝視他的沉默，忍不住落淚，這是遭遇記者言詞逼問後，我再次為了事件落淚。我哭得撕心裂肺，但我並非為了他被判死而哭。我不斷地想停止哭泣，眼淚卻如洪水襲來，不斷地從身體湧出，像是要為多年來所失去的一切發出不平之鳴，我的內在有個孩子在怒吼著為什麼。

弟弟突然說話了。他說：「哥，你記得『電子雞』嗎？」

我望著他。我發現他那雙圓潤澄澈，極其乾淨純粹的眼神回來了。

「哥，我知道你一直想偷走店裡的『電子雞』。」

我沉默。

「其實我們都一樣。我們都是貪婪的，凡事只為了自己，或者說，世人都是貪婪的，僅為自己而活。只是關於貪婪的意念，有人執行了，有人沒有。但是……」他停頓良久。

我不禁開口：「但是？」

「但是，哥哥，我把你最想要的『電子雞』給了你，可是你後來卻沒有一次救過我。」他睜大雙眼看著我：「你知道我發生什麼事，但你沒有救過我。」

他望著我的眼睛，圓潤澄澈，極為乾淨純粹的眼神凝視著我，我像是被洞徹了一切，赤身裸體般。我無法承認亦無敢否認，僅能低下頭。我又聽見他說：

「你沒有救過我。」

我錯了嗎？但我在哪一刻犯下過錯，導致深重的罪孽發生？我真的做錯了嗎？或者我有能力去拯救他嗎？父母親對我的託付，我有足夠的能力承擔嗎？

我知悉真相嗎？我不斷於記憶裡搜索，關於他未曾說出口的高中那些年所遭遇的一切，我是知道的嗎？難道我因為害怕，所以選擇遺忘嗎？

但，即使知悉真相，我是有能力拯救他的嗎？我不過是個平凡人，我連自己都無法拯救，我又該怎麼去救另一個人？而且關於這一切，他責備我沒有拯救過他，可又有誰拯救過我？

誰曾來救救我？

敬祝靜心平安

K 謹啟

重生

當秘密只能到達秘密，
知道秘密的人必然要走入絕境。

親愛的：

我剛沐浴完，以妳最喜歡的橙花肥皂徹底地洗淨自己的身體後，在我們習慣一同用餐的桌前寫這封信給妳。

每次想起妳，總會想起年幼時讀的童話〈國王的驢耳朵〉。故事裡，理髮師知悉國王有一對驢耳朵，但不能將秘密告訴任何人，於是躲到深山裡，在草地上挖出一個地洞，將秘密說給地洞聽。即便如此小心謹慎，埋藏秘密的地洞的土壤生出茂盛的蘆葦，蘆葦被風吹動後不斷地發出「國王有雙驢耳朵」的聲音。

現實裡，我們每個人都是國王，亦是理髮師，更是地洞或蘆葦。我們心底有著不可對外人訴說的秘密，也悄悄地藏著許多他人的秘密，並尋尋覓覓屬於我們的地洞，同時更經常被蘆葦洩漏我們的秘密。

我曾與妳說過，小時候我曾搬過一次家。父母親辛勞多年買了全新的房子，我與哥哥終於有了自己的房間。我倆的房間相鄰，分隔兩房的牆做了系統衣櫃。我小時候總喜歡躲到衣櫃裡，持手電筒讀故事書，並且用力地呼吸，我特別喜歡衣櫃裡木頭的氣味，每次總想讓這氣味填滿我的肺腑。

衣櫃內的黑暗與寂靜總讓我感覺無比的安心。

某次，我讀書讀到一半，手指輕撫牆面時，發現牆上有塊小小的圓面突起。

我嘗試推碰它，小圓形狀的木板便掉落下來，牆上原來開著一個圓孔。我微微踮起腳尖，從圓孔看過去，發現另一邊便是哥哥的衣櫃，當時的他也躲在衣櫃裡玩掌上型遊戲機。我輕輕地喚了他一聲，他起身從衣櫃的另一邊看見了我。

從此，我倆經常躲在衣櫃裡說話，將生活裡發生的事情傾訴給彼此。我與哥哥的關係始終充斥著矛盾，既緊密又疏離。我們的課業表現都極佳，有各自的興趣愛好，經常被周遭的親戚們拿來相比，於是我與他之間隱隱藏著無可避免的競爭狀態。我們在父母面前都不太談自己的事情，這是孩子之間的默契，有些故事是不能說給大人聽的。然而，當我們回到房裡，躲進衣櫃後卻不斷地透過牆上的小孔訴說彼此的日常，訴說心底幽微不可為外人所知的秘密。

衣櫃內的空間充滿神奇的魔力，當關上門，躲進其中，萬物自此鬆開束縛，變得極薄極輕，身體隨之緩緩漂浮，飛昇至空中。每當對著小孔訴說內心的秘密時，我如同微生物浮游於大海，身上的細胞被空氣與陽光觸動，因而熱烈地呼吸且生長著。衣櫃裡是一片充斥著木頭氣味的海洋，又如同可以藏起萬千秘密的地洞，我將自己放進洞裡，安心得幾乎落淚。

然而，無論多麼美妙迷人的魔法，似乎都有失靈的一日。

升上高中後，不知道什麼緣故，我成了某些同學的眼中釘。他們總是想方設法地找我麻煩：將我的鉛筆盒、課本、筆記藏起來，在我的抽屜或書包裡放死掉的蟲，體育課時刻意地用球砸我的頭，社團活動結束後將我拖到體育館角落，要我做奇怪的表演等等。這些事情我總是以能躲就躲的方式，刻意地遠離他們。我也曾經想過反抗，甚至嘗試過反抗，但人單勢孤，愈是反抗，愈是引起他們更大的興致，反而致使自己陷入更悲慘的境地。

仍記得是高二學期結業式的那天，原本打算早早回家，但他們其中的兩人在校門口逮住了我，前後圍著我，無論我如何苦苦哀求都不讓我離開。我被強行拉到體育館，心想應該與過去一樣吧，要我表演搞笑節目裡的橋段，做些奇怪可笑的姿勢供他們娛樂。進了體育館，他們要我趴在軟墊上，擺出奇怪的姿勢，一群人看著我在軟墊上窘迫的模樣，一個個發出奸邪刺耳的笑聲。

那天天氣特別炎熱，體育館裡沒開冷氣，為了維持著奇怪的姿態，我渾身是汗，他們其中一人命令我將身上的制服褪去，又要我脫掉褲子，僅餘一件內褲，赤身裸體，尷尬地站在他們面前。其中一人見狀，命令我趴在軟墊上，另一人則說：「你們有看過Ａ片嗎？」另外三人點頭，竊笑著。他又說：「不知道男生跟女生的差別在哪？」他們四人面面相覷，提議的那人命令另一個人脫下褲子，用雙手將他搓硬後再指示他進到我的體內。因為乾澀，我痛得流血，奮力扭動掙扎，另外三人見狀將我強壓在地面，並示意他繼續進到我體內。血液湧出後反而使我變得濕潤，於是他們四個人便輪流地進到我的體內，我從最初的哭喊求饒，到最後已無力反抗，木頭般地任由他們進出我的身體。

我至今仍記得體育室的天窗，我滿臉是淚地望著窗外，看著天空從明亮逐漸轉為黑暗，黑暗如蟲蟻般爬進我內心深處，一點一點地啃噬我的心臟，我心底自此生出一塊暗影，暗影如鉛，沉甸甸地，將我整個人沉沉地拉下去，再拉下去，拉進無盡烈焰的地獄裡。

整個暑假，他們四個人不斷地打電話來找我，以各種方式威逼脅迫，若我不願意配合他們的要求，便要將這件事情公諸於世。於是那年夏天，我被他們輪流進入身體無數次，他們將體液射在我的體內，我感覺自己的下體無時無刻都液液地流著血，我流乾了血液與眼淚，靈魂乾燥得毫無力量，近乎死去。我不明白自己害怕什麼，公諸於世反而是好的，我或許能因此獲救，但我好害怕，害怕這世界知道我被人用得如此骯髒。若眾人知道這件事之後，我卻沒有因此獲救，反而陷入更悲慘的地獄，讓我的家人蒙羞，那我該怎麼辦？若我的家人知道我被四個男人給性侵，我的肉體、內心與靈魂都是骯髒的，骯髒到我已無法接受自己，那他們會願意接受我嗎？

而且，或否當他們進入我的那一刻，我已經不是我自己了，是否被人拯救都不再存有意義？

我夜夜輾轉難眠。每個深夜都躲在衣櫃裡，衣櫃的氣味使我感覺安全。我每日每日偷偷地靠在小孔上喊著哥哥的名字，他當時已考取大學，忙著各種各樣的課外事務，已有許久不曾躲在衣櫃裡。直至一夜，我又一次呼喚他的名字，他回應了一聲，我如同得到救贖般地將唇緩緩地靠近小孔，一字字輕輕地將秘密告訴了他，如信徒對神父告解，將罪惡告訴神，渴求獲得神的赦免。我期望著，想著他會如同地洞的土壤生出的蘆葦，隨著風輕輕地將這件事告訴父母，或任何可以拯救我的人。然而，接連無數個夜晚，我不斷地對著小孔傾訴秘密，另一頭卻始終安靜無聲，靜到夜的深處，夜如此無情的柔軟，將我的聲音吸納後消散無蹤，我心中逐漸升起惶惶之感，暗夜籠罩我的全身，淚水不斷地湧出眼眶，我幾次緊摀鼻口，怕哭聲被人發現。一夜，我哭累了，微微起身，將眼睛靠近小孔，我未曾如此試過。那夜，於小孔的另一端，我看見哥哥的瞳眸也緊緊地凝望著我，眼球上血絲密布，瞳孔深處有著漩渦，吞噬一切。我像是明白了什麼，又像是不再明白什麼。我明白自己不可能被拯救，同時亦不再明白這個世界；我明白有些事只能是永恆的秘密，同時亦明白秘密的交換並不存在任何意義。

當秘密只能到達秘密，知道秘密的人必然要走入絕境。

我忘記自己哭了多久，只記得衣櫃裡的每件衣服都染著我的眼淚，木頭的氣味消散了，我聞到自己身上滿是男同學精液的味道，血餿的腥氣。我的身上滿是淫穢的氣息，衰朽並腐爛著，每寸皮膚皆散發屍水般的惡臭。翌日醒來，小孔的另一端被紙板給嚴嚴實實地貼封，我知道，即使最親近的人都不能帶你離開地獄，他們甚至害怕被你拉進地獄裡。

我不再掙扎，任由自己墜進地獄，無止無盡地墜下去。我無法上學，無力思考，時刻只想了結自己。父母帶我看過無數位醫師，換了無數個學校，母親甚至辭掉工作，專注地看顧我，但我卻無法開口說出任何話。我將自己藏了起來，藏在地獄的冷河裡，凍得身心刺痛。我總在夜裡嚎泣，如重傷的野獸，身體不斷地發痛，疼痛在我的血液與細胞中亂竄，為了避免感覺到疼痛，我只好不斷地撞牆，狠狠地掌摑自己，以痛來遏制痛，直到疼痛於體內竄升至極點，蟒蛇似要貫穿血管時，我便拿刀割開自己，讓蟒蛇從血液流淌而出。母親總在我發狂癲亂時，不斷地安慰擁抱我，堅定地守著已是腐爛屍肉的我。她不曾埋怨過任何一句，可我卻無法對她訴說心底的秘密。每當我即將抵達秘密的出口，渴望將一切告訴她時，便想起小孔裡哥哥的眼眸，漩渦又將我拉到深處。當秘密只能到達秘密，另一個得知秘密的人也將走上絕境。我不敢告訴她，我捨不得她也被我拉入絕境裡。

父親受不了我的病，我與母親搬出老家，賃屋而居。十多年的時間，我活得茫然混亂。父親逝世後，我曾試圖振作，但每次翻開書本，內裡的蟒蛇便劇烈竄動，使我想起在體育室裡被進入的時刻，下體滿是鮮血與他人的精液，便又一次跌到地獄的深處。過後不久，母親罹癌了。她重病的那段日子，因為害怕我無法承受，於是從未曾談及她的病情。她撐持著身體，嚴守著秘密，害怕得知秘密後的我將走上絕境。

人與人之間最親密的相守，是否也意味著秘密的無法相連？因為我們都害怕彼此被秘密束縛，因為得知秘密而無法避免崩塌，於是我們為對方守著自身不可言說的秘密？

她死後，留下一封長信，書寫著十多年來她對我的期望與關愛，她的用心守候，她全心全意地以愛等待我的康復，等待我走出地獄，然而，她沒能等到我從地獄歸來，她便已飛昇至天堂。

我與她永恆隔絕了。

我想，會否是她在天堂的看顧，使我偶有能靜心安定的時刻。我依然與血液和精液的腥餿共生，但終於能夠閱讀文字，從故事裡找到寧靜。我考進了大學，再次擁抱學生生活，但我對一切早已不抱期望，我的身體與靈魂死去多時，我不過是希望這衰朽的肉身能於世上找到一個安身立命之處，讓自己能隱藏於常人的生存軌道上，駛著極慢極慢的班車，開往母親用炙熱的愛與關懷，期望我能走上的生命之途。

當以為整個世界都不再與我有關時，我卻遇見了妳。

開學的第一堂助教課，微熱的九月，妳身著無袖的白底碎花洋裝，粉白色平底鞋，及肩的長髮染著整個暗夜的光，亮如星辰地走上講台。妳開口說話的那一刻，世界凝結了，萬物都被靜止，我彷彿能看到空氣中的水分子被凝凍著，我緩緩站起身，一步步地走向妳。妳是那麼美，美得如同我的反面，我必須透過靜止的世界所幻化的時光之橋，才得以走入妳身處的地方。然而，當我輕撫妳的秀髮時，時間卻回來了，我聽見同學們的笑聲，驚覺自己在撫觸妳的髮絲。我想起電影《大智若愚》裡的男主角初見女主角，萬物為他們暫時停止，我與妳也是如此，萬物為我們暫停，只因為這一場相遇是命中注定。我的手指停留在妳的髮絲之上，妳並未因此動怒，只是寂靜地凝視我，於光和影的交錯之中，我見到妳眼底有星，白晝裡的星光登時映入我的眼中，冰涼地澆熄我內裡灼熱的痛楚。

妳微笑說：「初次見面，請多指教。」

後來，我無時無刻地渴望著，渴望能靠近妳。我假借請教妳課業的問題去見妳，而妳總溫柔地回應我。一次颱風天，學校停課，我仍去學校找妳，原以為妳不在，但卻發現妳為了博士論文仍在研究室裡忙碌著。我們在研究室裡聊了許久，有一世紀那麼長。夜來了，雨勢磅礴，我住的地方離學校近，我勇敢地向妳提議，邀請妳到我的住處暫歇。

那一夜彷彿於歷史存在之前便已被寫下，我們不過是於此刻完整它。我們在床上擁抱，舔舐彼此，我嗅聞妳髮絲的氣味，吻過妳臉上的每一寸，吻過妳的脖頸，吸吮妳的乳房與腹部，以舌頭敲開妳的幽謐之門，品嘗如蜜糖般的汁液，接著進入了妳。妳先是閉上雙眼，又睜開眼睛，溫柔地凝睇我，我恍若聖徒遇見聖母，聖母以乳以蜜餵養我飢餓的身心。我身上的腥餿於那一刻得到淨化，過往徹底腐爛衰朽的屍身重新灌注了靈魂，再次活了過來。汗水淋漓，當我們到達頂點，我又渴望再登峰造極，將自己全然地釋放於妳體內，蟒蛇般的烈焰於妳如水般的柔軟中被徹底清滅。

我擁抱著妳，於妳的懷中痛哭失聲，妳彷彿明白我，於是亦緊擁著我。我們彷彿因理解而相擁的瞬間，我是一個重生的人。

我們靜默著，整個世界為我們歡呼，無聲卻深遠的歡呼。我擁著妳，幾乎與妳融合，而妳在我耳畔淡淡地，幾乎無重地說：「殺了我。」

我鬆開擁抱，驚愕地望著妳。妳一如過往，雲般輕柔地說：「殺了我。」

妳開始訴說自己的秘密。妳年幼時曾目睹親生母親殺害了妳的親生父親。母親歷經多次判決，死刑定讞。妳自幼被外人收養，他們待妳如己出，於是時刻瞞著妳，以為妳當時年幼，對母親的所做所為毫無印象，只要隱瞞真相，妳便能安然度過此生。然而，妳的記憶深處是記得的，當妳知道血型與養父母不同時，妳便開始一點一點，拼圖似地拼湊著秘密。面對摯愛妳的養父母，妳安靜地不道破秘密，如一株無風的蘆葦，不透露國王是驢耳朵。為了佯裝幸福，妳此生都努力地活得像個典範，妳以各種世人眼中的優異與完美作為衣裳，巧妙地避免被人看穿。

「我想死。」妳說，「從秘密於我體內生根，我便想著死亡，也許你覺得很愚蠢，但死是我此生的夢想。我生母長年被生父性侵家暴，最終忍受不了他的暴行，於是下毒殺了他，隨後肢解他的屍體。為了報復，她吃了他的心臟與下體，我總在暗夜之後，黎明之前，腦海中浮現她生吞心臟的模樣。她原本打算殺了我後再自殺，但我卻嚎啕大哭，使她心生憐憫。她嘗試多日，仍無法動手，連日的哭泣聲引來鄰居的關注而報警，我的哭泣救了自己卻害死了她。多年後，我在舊報紙上讀到這段時，心底想著，我是惡魔產下的孩子，無論是我的父親或母親，他們都是惡魔的化身，而我是他們於錯誤的愛戀之下所誕生的產物，惡魔之子是不該苟活於人世的。」我靜靜地聽妳訴說著，我成了妳的地洞，地洞使我憶起衣櫃，木頭氣味的海洋，我渴望自己能再度沉入海底。

原來，人與人的相遇連結著幽微不可以言說的意義，我的存在意義是為了從我的秘密到達妳的秘密。

妳擁抱著我，如棉花糖霜般輕盈無重，糖化似的口吻對我說：「殺了我，將我的身軀一塊塊切開，像我母親對我父親所做的那般，把我的肉體與靈魂打碎，以此救贖我。等我去見了我的母親之後，我要告訴她，我遲到了，即使此生我們母女交集甚少，但當她犯下罪行的那一刻，我就不該獨活，我渴望與她一同赴死，我必須與她一起死。」

妳凝視我的雙眼，我看見妳眼底的漩渦，恍惚間聽見妳說：「唯有死去，才能重生。」

後來的幾日，妳不再提談及此事。我們如同其他情侶般過著日常，吃飯、逛街、看電影，親吻、擁抱、性愛，彷彿那晚妳所訴說的一切並不存在，但我明白，一切都醞釀著，氣泡似地釀著無路可退的結局。

直到昨夜，我們歡慶完妳的生日後，再次於汗水中緊密交纏。當我們即將到達頂峰的時刻，妳於我耳畔說著：「殺了我，」我剛釋放在妳體內，身軀仍緊繃著，妳用雙手緊鎖著我的脖子：「當我去見到我母親，這一切就都能完滿，你懂嗎？」妳緊緊地貼緊我，再貼著我，如同母蛛與公蛛交配後，必須將公蛛吞吃入腹般地貼著我。我嗅到妳髮絲有橙花混著汗液的氣息，聽見妳如糖蜜般地說：「就是現在，殺了我！」

而後的一切我都忘了。

我只記得，當我的意識回來，睜開雙眼，妳渾身是血地躺在我的面前。我依約用刀將妳一塊塊地切離，如同妳生母切開妳的生父。我斬下妳的四肢，割下妳柔潤的雙乳，刨下妳甜美如蜜的幽謐之處。然而，妳的頭顱是我最難面對的，即使心臟停止，妳的雙眼仍活生生地望著我，溫柔似水，如我的反面，是白晝的星映入我肉身的骯髒衰朽。

即使血肉模糊，妳依然美得不可方物。

我捨不得切下妳的頭，我輕輕地擁抱著妳的頭顱，彷彿仍能感受到妳在對我低語，妳未曾離去，妳始終在我身旁陪伴著我，我不斷地流淚，感覺五臟六腑充滿灼熱的氣息，蟒蛇般於我體內劇烈地竄動，我用刀割了自己，我體內的蟒蛇瘋狂地竄了出來，我哭得無法自己，滿臉的血與淚，我用割自己的刀割下妳的頭顱，血與血的相遇，我終於完成妳的託付，完整了妳的夢想了。

妳可知道，我多麼，多麼地愛妳。

我愛妳，我從未開口告訴過妳，我是多麼地愛妳。因為妳，我得以重生；因為妳，我明白秘密到達得了秘密。因為妳，於是我的存在有了意義。因為妳，於是，我是我。

因為妳。

我將妳的乳房與下身澆上蜂蜜，佐上妳最愛的玫瑰花果醬，一口一口地，小心翼翼地咀嚼。每一口都感覺自己與妳融合著，妳在我的身體裡看顧我，變成我的血液與靈魂，我恍若望見聖光，歷經聖浴，神的恩典，上帝的恩賜，魔鬼的死絕，地獄的永不，我因而獲得永生。

我用妳最愛的橙花肥皂洗淨自己，又將妳的頭顱洗淨，將妳浸泡在水裡，如水般的妳如今真正地皈依水的懷抱了。

妳才剛離開，我便開始想念妳，但思念並不讓我惶恐驚懼，因為我的血液裡有妳，妳早已住進我的身體，此後，我的心跳是妳，我的呼吸是妳，我的喜怒哀樂是妳。

我是妳。

我打開了窗，晨光初透，黎明時分。我以手掌輕撫自己的胸口，感受自己的心跳，我張開口用力呼吸世界的氣息，想著，也許過幾天，若沒有人發現，我便用刀切開自己，然後再開窗墜下去。

如今，所有墜落於我都是飛昇，飛去無窮無盡，飛去宇宙的至極。

我渴望飛去遠方見妳。

這一次，若能再見到妳了，我要鼓起勇氣對妳說：

「我愛妳。」

想妳。

愛妳的地洞

·輪迴·

如果每一個人生存在這世上
都必然要受傷，
那傷痕的意義什麼？

行為之處罰，以行為時之法律有明文規定者為限。
拘束人身自由之保安處分，亦同。

——中華民國刑法第一條

您好：

收到您的信件，我深感意外。在這匿名論壇裡與眾人討論法律議題也有多年，我的確收到過許多信件，除了溝通法律問題外，當中亦不乏謾罵、嘲諷，甚至是恐嚇的信件，我也曾收到許多加害者或被害者家屬寫來的信，但不知道為什麼，您的信讓我有難以言喻的感受，我無法簡單地描述當中的差異，我也曾多次對自己的內心抽絲剝繭，想釐清這樣的感受，除了您所面對的是受到高度矚目的刑事案件，案件的複雜程度與社會眼光的壓力，與其他案件必然有所不同外，更多是我經常想起您於信中寫道：「我其實傾向於我的家人被判處死刑，我覺得他罪無可恕……只是，比起判處死刑，我更想知道的是，罪惡的源頭是什麼？」

於是，我決定回信與您談談我的想法，同時整理我自己。

您於信中舉一個案例。多年前，有位男子於高中時因吸食毒品而輟學，勒戒解除後始終受精神問題所苦，自此長年匿藏於家中，未再與社會有所接觸。三十歲那年，於晚餐時間與母親發生爭執，當夜，他吸食強力膠後失去意識，以菜刀砍殺母親，將母親斬首，更將母親的頭顱擱在住家陽台上，隔日一早被住家對窗的鄰居發現後報警。此案引起社會諸多議論，多數民眾皆主張應將該犯處以死刑，以正視聽。一審時，該犯被判處「無罪」，造成全國譁然，引起多方爭議，甚至有人民團體上街抗議。經過多年審理，法官仍未將其判處死刑，二審判以「無期徒刑」，終審時亦以「無期徒刑」定讞。一審時，法官採用的是刑法第十九條第一項：「行為時因精神障礙或其他心智缺陷，致不能辨識其行為違法或欠缺依其辨識而行為之能力者，不罰。」，故予以「無罪」。而二審時，法官採用的則是該條的第二項：「行為時因前項之原因，致其辨識行為違法或依其辨識而行為之能力，顯著減低者，得減輕其刑。」三審時，法官更參照國際「兩公約」中對「不得對精神障礙者與身心障礙者判處死刑」的解釋意旨。

單看這個結果，許多人勢必氣極，一個吸毒犯殺死自己的母親竟然可以逃過死刑，這國家還有律法可言？然而，一項事件背後必然有外人不曾看見的面貌。如果你仔細探究，你或許可以知道，男子從小就失去父親，與母親相依為命。因為家貧，在學校經常被人欺負，升上國中時，為了避免繼續被同學霸凌的命運，他與同校的邊緣分子結黨聚群，後又為黑道團體吸收，於其中首次感受歸屬感。但融入團體是不易的，幫派的運行有其規則，除了抽菸鬧事偷竊勒索外，毒品是控制幫中分子最好的方式，先是誘引你吸毒，當上癮後必須付錢買毒時再逼你販毒，自此形成無限的輪迴。男子於勒戒解除後，母親為避免男子再次沾染毒品，將其以手銬長年鎖在家中。男子亦不反抗，為自己的罪孽深感愧疚，且無法自我控制，自己主動要求母親將其銬鎖。多年禁閉生活，少與外人接觸，生活中僅有母親一人。他曾談及因與母親緊密相處，加以對生活的虛空感混雜壯年的強烈性慾，他曾多次與母親發生不倫關係，為此感到更深的自我懷疑。一次於家中發現強力膠，他便又再次染上惡習，母親並沒有再阻止他，反而不斷提供強力膠予其吸食。男子於法庭上談到，那夜母親央求他與其發生性行為，他幾度抵抗，與母親發生嚴重爭執後躲回房間吸食強力膠，過後便失去意識，醒來時已犯下無可挽回的重罪。

您或許會說這是單方面的說法，不可以作為判決的唯一依據。關於法庭上的說法，關於死刑，我總會想起一位法官朋友，我想與您談談他的故事。

與您所舉的案件時空背景不同，這是近四十年前的事。當時他初出茅廬不久，便負責審理一項備受注目的案件：一位已婚女性因受不了丈夫多年家暴，將其毒暈後，以菜刀將其割喉放血，造成其死亡，隨後更肢解屍體，吃掉他的心臟與下體，殺夫後，女子曾想殺死自己的女兒後自殺，但因為女兒的哭聲而倍感心軟，多日無法下手，最終引來鄰居的注意後報警，此案才曝光。該案件發生時，民風尚淳樸，廢死議題仍未為人所知，人們仍認為殺人就該償命，當中雖有反對的聲音，認為該名女性並非惡意謀殺丈夫，乃因承受不了丈夫多年的暴行，於無可奈何之下才選擇作出的反擊。

同樣的，事件的背後必然有外人不曾看見的面貌。女人生於一個複雜的家庭，母親曾多次改嫁，家中有九位母親與不同父親所生的兄弟姐妹。女人在七歲至十一歲時，陸續遭兩名繼父強暴，爾後持續多年。中學一年級時又遭受繼父與前妻所生的兩名兒子性侵，幾乎淪為一家人的性奴。女人不堪忍受這樣的生活，幾次與母親求助，母親不僅未伸出援手，甚至加入虐待她的行列，以言語和暴行逼她接受這樣的生活。女人最終選擇逃離，嫁給當時的青梅竹馬。婚後生活是幸福的，丈夫待她極好，但好日子不長，丈夫不久因病逝世，女人守寡後，搬去與婆婆小叔同住，某日被小叔給性侵後，在婆婆威逼之下，下嫁給小叔。小叔多年不務正業，經常酗酒家暴她，女人多次因暴行而流產，但在婆婆與小叔的禁錮下，女人無法逃走，好不容易挨到婆婆逝世，女人卻真的懷上身孕，並且產下一名女孩。女孩出世後，小叔也曾想過振作，投資做生意，但惡習難改，生意很快就失敗了，不僅將婆婆留下的遺產揮霍殆盡，欠下大筆債務，因而對女人的暴行與日俱增，並曾多次於暴行後以棍棒等異物性侵她。女人最終不堪暴行，決定殺死丈夫。

於法庭上，女人始終保持沉默，對自己所犯的罪行不作任何解釋或反駁。她只是寂靜地，虔誠地，望著他，如同望著一個至高無上的主宰，一個能夠赦免萬物的神般，望著他。

他至今仍記得那雙眼神。

檢察官曾問女人：「妳覺得自己有罪嗎？」

那次是女人第一次開口回答：「我不知道，但你覺得什麼是罪呢？你可以告訴我，什麼是罪嗎？」

與殺害母親的男子不同的是，女人最終被處死刑，而且很快便執行。但我的法官朋友卻因此案陷入長期憂鬱與自我懷疑，他常於夜半時分憶起女人的眼神，寂靜地，虔誠地，如望著至高無上的主宰，如望著能赦免萬物的神般的眼睛。

那雙眼睛如影隨形地跟著他，如芒刺在背。他最後決定辭去法官職務，回校修讀博士課程，畢業後轉任教職。

在校任教多年後，他加入倡議「廢除死刑」的活動。

他曾在許多課堂與演講中談到國際上誤判死刑的案例，與學生、民眾討論死刑是否應該存在，以及死刑犯的背後是否有更深層且不為外人所知的故事。他也曾發表多篇論證死刑是否具備實質意義的論文，引用多種判決的情境，並多次強調應該健全法律的完整性，讓每一種罪行都應該有更適切的判決，而非以死刑作為最終的唯一解。

然而，他也因此受到各界的質疑與挑戰，最常遇到的質疑是：「一個判處過他人死刑的法官，有什麼立場去倡議廢死？」而他是這樣回答的：「因為經歷過這一切，所以我比誰都明白『死刑』的不足，死刑無法遏制下一個罪惡的發生，它有時也無法讓犯罪者知道自己錯了，甚至，很多時候，加害者也是另一個面向的受害者，許多加害者其實比受害者遭遇更大的痛苦，所以才會作出這樣的選擇。」

他也曾對諸多爭議案件發表評論，引來民眾的謾罵。

例如受害者的母親於媒體上對他哭喊：「我的孩子，我六歲的孩子，因為犯人情緒不穩定，心情不好，所以決定在路邊隨便找一個人來殺，你說這樣的人難道不應該判死嗎？你說因為他小時候被性侵過，他有精神病，所以他不應該被判死？但只要受過傷，活得很痛苦，他就可以殺人嗎？」那女人說著，眼裡都是淚，語氣激動不已：「你有看到我的孩子嗎？看到被他殺掉的我的孩子，我孩子全身都是血！他全身都是血！他的身體被砍了十幾刀，脖子甚至快斷了！什麼樣的人可以對小孩下這樣的毒手？你有看到嗎！你有看到嗎！我的孩子……我的孩子……我的孩子全身都是血……你懂我的心有多痛嗎！你懂嗎？你如果懂，你怎麼可以告訴我這種人不應該被判死？」

而該案件的加害者於法庭上始終保持沉默，一語不發。庭後於移送的過程中，大批記者追問他：「你為什麼要殺人？」「無冤無仇為什麼要殺害別人家的孩子？」「小孩只有六歲怎麼下得了手？」當聽到記者問：「你難道不怕死刑嗎？」嫌犯突然停下腳步，打破沉默：「我不怕啊，為什麼要怕？在這個國家殺人又不會被判死！如果可以我要殺更多的人，殺到我開心為止！」話一說完，安全帽裡的他露出竊笑，表情森冷地讓大批記者愣在原地。

然而，即便如此，他依然聲援加害人，認為不該判處死刑。他說：「不該判處死刑的原因是，如果他死了，這一切看似能被停在這裡，但事實上卻不是，它勢必會再重複地發生，這類事件並不會因為這個人的死而停止，我們必須找到真正可以停下它的方式，我們能做的是深入研究這些案件，研究這個人，而不是用死刑來處理他們。」

他又提到：「而且死刑也無法真正安撫受害者家屬的心情，有研究表示，許多受害者家屬在加害者被處刑後，仍然活在痛苦的陰影中，甚至因為加害者的死，他們失去了可以知道真相的可能。」

當時亦有諸多領域的學者對他提出過各種問題，這些問題他也不斷地問著自己，並且一一地刻在他的心底：

「如果殺人是一種罪，那麼死刑也是一種罪，死刑也是一種殺人？」

「所以一個殺人犯只要懂得佯裝自己，懂得胡言亂語，拒絕回應，保持沉默，當他於審判過程中愈來愈會演戲，愈來愈懂得裝瘋賣傻，如此，他是否就愈能逃脫法律的制裁，免除刑責？」

「精神鑑定的準則是透過許多專業的醫師層層檢驗，但對於抽象的精神狀態，不同的醫師都可能有些微不同的看法，誰能夠保證他所作出的鑑定是正確無誤的？即使是看得見的事物，我們都有可能錯看誤判，無法看見的精神狀況，我們難道不會嗎？」

「殺人應該償命嗎？唯有償命才是最好的贖罪方式嗎？若不是，讓他活下去為自己的罪惡不斷地遭受良心的譴責，如此才是最好的贖罪方式，但若加害者本身並不因此感到愧歉，沒有一絲的內疚，他活下去並不會因此感到痛苦，這樣死刑是否又具備意義？可要從何得知加害者是真正知道自己錯了，內心因此感到痛苦，並願意悔改？他們的認罪宣言與自白，他們眼淚與悔恨，是真的嗎？」

「難道一個人的人生有過悲慘的遭遇，他就可以去傷害別人嗎？他就可以不用為自己所犯的過錯負起責任嗎？」

「如果每一個人生存在這世上都必然要受傷，那傷痕的意義什麼？」

「罪惡的源頭到底是什麼呢？是那些傷害加害者，導致這些人最終走上歧途，進而去傷害別人的人？還是那些看到加害者一直深受痛苦，卻從未伸出援手，導致他們最終犯下滔天大罪的旁觀者？甚或，其實加害者本身就是個錯誤，他不應該將自己的痛苦加諸到別人身上，應該自行尋找痛苦的出口，然而，痛苦有出口嗎？當真的痛不欲生的時候，要如何不讓自己崩潰傾倒，不致使自己犯下過錯？」

「為什麼法官都站在兇手那一邊？這是真的嗎？法律若是一個天秤，法官是手執天秤者，法官只能就天秤衡量事物並作出回應，而不該自行決定天秤的結果，但，法官真的沒有對天秤作出影響嗎？或者天秤本身難道沒有瑕疵嗎？」

「為什麼司法沒有辦法守護人民的安全，無法回應受害者與受害者家屬的期待？但為什麼司法必須如此？司法的存在意義是什麼？死刑的存在意義是什麼？唯有死刑可以有效抑制犯罪的發生嗎？如果死刑並不能抑制罪惡的發生，那麼死刑還有意義嗎？加害者的死真的能弭平受害者與受害者家屬的心痛嗎？死刑可以挽救什麼？」

「民眾的想法是公允無私的嗎？媒體的報導是公正客觀的嗎？如果是，那為什麼我們仍然無法看見得知事情的全貌？我們在每一種罪惡中到底看見了什麼？我們應該要看見什麼？我們應當站在事物的遠處望見全樣全貌，或者走進事物內裡深究每一個枝微末節？如果我們力有未逮，只能擇其一，那我們該選擇何者？但只有看見其中一者，我們便又不是真正看見全部了，那我們可以說自己是公正公允，客觀無私的嗎？」

當中讓他印象最深刻的是曾有學生問他：「老師，如果世上真的存有至高無上的準則，比神更高，或與神相同的存在，那麼在加害者最痛不欲生，決定要犯下滔天大罪的那一刻，神是存在的嗎？在受害者遭受極大的傷害的瞬間，神是存在的嗎？如果神是存在的，祂或祂們為何不伸出援手？理由是什麼？」

「罪惡的源頭是什麼？」

無數的問題，無數的迴圈，無數的無解，無數的無數，所有人繞進死胡同裡，每個人都有自己的堅持，有自己的看法，有自己的無可退讓。

但他的信念亦有遭受動搖的時刻。

約莫十年前，一個單親家庭的母親與兩名分別就讀大學與高中的兒子相依為命。母親於醫院大夜班從事清潔工作，一早返家前幫孩子買早餐時，於途經公園的路上被精神病患強拖進公廁強姦後勒斃。他依然出面聲援精神病患，支持不該判處死刑。但在記者會後，他看到新聞裡前去公廁招魂的受害者的兩個兒子哭倒在地，痛苦地喊著：「媽……媽……沒有妳我們要怎麼辦……媽……」

那一幕讓他想起了兩個與之年紀相仿的女兒。

他與兩個女兒感情極其緊密，特別是大女兒。大女兒生性乖巧，成績優異，表現傑出，自小便與他無話不談，大女兒也是家中最支持他對於「廢死」意念的人。女清潔員被精神病患強姦殺害的案子發生過後不久，適逢大女兒的生日，他買了大女兒最愛的義式巧克力蛋糕，一家人坐在餐桌上吃蛋糕時，電視新聞剛巧播放著受害者的兩個兒子前去公廟招魂的畫面。

大女兒看著畫面，並不如過往般與他討論死刑，亦不談刑責問題，而是這樣說：「他們會去招魂，是因為深信人有靈魂的存在，人在死後會有一個去處吧？但在前往那個地方之前，必須先將靈魂招引回來，並引領靈魂前往該處。」他聽著大女兒說著，思緒開始莫名地複雜起來，女兒此時卻突然問：

「爸，你相信『輪迴』嗎？」

「輪迴？」

「前幾天上通識課時，老師提到了『輪迴』。他說『輪迴』是為了償還前世的罪孽。我在想，如果是這樣，世間的罪孽不是應該愈來愈少嗎？但為什麼世上的罪孽從未停止，甚至還有這麼多讓人痛徹心扉的罪行發生？所以那些犯罪的人，前生做了什麼，今生被允許犯下過錯？還是那些受害的人，前生犯罪，今生必須被加害者傷害，以此贖罪？這樣是不是存在什麼矛盾？罪必須以罪償，所以真正輪迴的是罪孽，而不是贖罪？這樣罪孽不就生生不息，無止無境了嗎？可是為什麼要用來生來贖今世的罪？如果要贖罪，應該要用今世犯過錯的自己，以這樣的身分，帶著這樣的記憶進行贖罪，如此才有意義吧？」女兒說話時，緊緊盯著他的眼睛：「所以，爸爸才支持廢除死刑吧？畢竟，人只有活著才能贖罪，死去的人是無法贖罪的。」

他始終記得大女兒說這段話時的眼神，那雙眼神像極了多年前他曾看過的那雙眼睛，寂靜地，虔誠地，如望著至高無上的主宰，如望著能赦免萬物的神般的眼睛。

但讓他的信念真正被徹底動搖的，並不是女清潔員被精神病患姦殺的案件，更不是大女兒的眼神。

幾年前，大女兒於生日當晚外出後未再返家，他與家人苦守一夜後決定報警。警方調閱相關資訊，追蹤多日，才在嫌犯家找到大女兒。大女兒當時已經死亡，身體被嫌犯肢解，四肢軀幹僅餘部分，未能尋獲的部分疑已被棄置他處，而頭顱則藏於浴室，以藥水浸泡，面目模糊……

過後的日子，他活得一團混亂。他無法言語，無法再對任何事物表達意見，他拒絕面對眾人，將自己深鎖在家中，坐在大女兒的房間裡，日日以淚洗面，思索自己的一生。

他反覆質問自己無數道問題，想起過去被自己判處死刑的人們，想著自己曾極力呼籲廢除死刑，想著那些加害人望著他的眼神，想著那些受害者家屬對他的咆哮與控訴。

想起曾有學生問他：「老師，如果世上真的存有至高無上的準則，比神更高，或與神相同的存在，那麼在加害者最痛不欲生，決定要犯下滔天大罪的那一刻，神是存在的嗎？在受害者遭受極大的傷害的瞬間，神是存在的嗎？如果神是存在的，祂或祂們為何不伸出援手？理由是什麼？」

「罪惡的源頭是什麼？」

他幾度在床上哭累了睡去，在夢寐間聽見大女兒渾身是血，滿臉是淚，並以寂靜地，虔誠地，如望著至高無上的主宰，如望著能赦免萬物的神般的眼睛地對他說：「所以，爸爸才支持廢除死刑吧？畢竟，人只有活著才能贖罪，死去的人是無法贖罪的。」

他猛然從夢中醒來，手機突然傳來訊息，事發後，他的手機被各種訊息淹沒，他早已放棄閱讀它們。但那一刻，他卻打開手機，開始閱讀一則則的訊息，任由那些訊息映入他的眼簾。

「你會原諒殺人凶手嗎？」

「你還是支持廢除死刑嗎？」

「你認為殺害你女兒的兇手無罪嗎？」

「你覺得殺害你女兒的兇手是可教化的嗎？」

「你支持法官判決殺害你女兒的兇手死刑嗎？」

「你現在可以感受過去那些受害者家屬的心情了嗎？」

……

訊息都是相似的，一個個他過往熟悉不過的問題，無數個他曾堅定並回答過的問題，此刻的他卻只能任由這些問題淹沒他，而他再也無法作出回答。

與那位法官朋友相同，此刻的我無法給您最適切的答案。

如果您真的想問我，我是否認同您所說的：「我其實傾向於我的家人被判處死刑，我覺得他罪無可恕……」我必須告訴您，我不認同。

如在論壇上的我，我至今依然支持「廢除死刑」。

但我要告訴您一段話，是那法官朋友曾告訴我的：

「我仍然支持廢除『死刑』，因為『死刑』是不足的……」他說話時的眼神是如此寂靜且虔誠，如望著至高無上的主宰，如望著能赦免萬物的神一般。他沉默了許久許久，眼睛湧出無盡的淚水，脣角卻微微地笑著，他望著我說：

「因為，比起『死刑』，我更想親手殺了那個人。」

罪惡的源頭究竟是什麼？

我與您一樣，沒有答案。

寫完 E-mail 後，他的手指來回滾動著滑鼠，將信件看了一遍又一遍，不斷地將全文刪除又恢復，恢復後又刪除。他仰頭望著天花板，又望向窗外，窗外似乎快下雨了。他用手掌輕撫著胸口，深深地呼吸，驀地，他將電腦闔上，緊閉眼睛，徐徐地吐氣。

他聽到妻子從廚房傳來的聲音：「你去買巧克力蛋糕了嗎？都快中午了，不早點去賣完怎麼辦？」

他緩緩起身，穿上外套，步出了房門。

人魚

愛這件事情是沒有答案吧？
而且愛這件事太難了，
也太讓人難過了。

他說：

「我會變成這樣要談起我十二歲那年發生的事。

「我爸在我很小的時候因為販毒被發現而跑路了，我從此就跟媽媽同住。媽媽在酒家上班，每天晚上出門，凌晨才到家，每天在家的時間都在睡覺，總是留餐錢在桌上要我自己解決三餐。我白天上課，下課回家時會看到她坐在餐桌旁，桌上擺滿化妝用品，對著一面小鏡子匆忙地化妝。她有時會幫我塗口紅，對著我說：『你這樣很可愛。』接著她會穿上花色鮮豔的衣服，噴上許多香水，帶著一身濃烈的香氣出門，這是我極少數與她相處的時光。

「真正能與媽媽相處久一些是我小學六年級的時候。媽媽認識一個在外商公司工作的男友，一開始是她店裡的客人，經常跟同事去光顧，那個男人占有慾很強，看到媽媽跟其他男人喝酒聊天調情就會生氣，媽媽索性辭掉酒家的工作，轉到一家小公司做會計小姐。男人最初對我們很好，經常帶我們上餐館吃飯，逛百貨公司，買漂亮的衣服鞋子，有時還會開車帶我們到外縣市旅行。我從小就沒有爸爸，媽媽又經常不在家，感受不到家庭的溫暖，直到那個男的出現後，三個人一同出遊時，曾有幾個瞬間使我以為這就是『家』，是我從小就羨慕著別人擁有而我卻沒有的東西。

「有天在學校上課時，男人來學校接我，說要帶我出去玩。他帶我去吃牛排，問我要不要看電影，結果我們去的不是電影院，是電影小包廂。因為是第一次，他點了很多吃的，選的是我喜歡的迪士尼電影，我顯得很興奮。電影看到一半，他開始摸我的腿和身體，當時的我已經開始發育，會偷偷打手槍，因為被觸碰而微微地勃起。他把他的靠在我的，開始磨蹭，我濕了之後就脫掉我的褲子，用力地進到我的身體。那是我的第一次，我不知道這樣算是被強暴還是自願，我只記得好痛。

「後來他經常到學校接我，我每次都很害怕卻不敢告訴老師。他有次買了女性性感內衣，強迫我穿上，逼我學女孩子撒嬌的樣子給他看。他看著我穿女裝趴在沙發的模樣變得很激動，不斷地發出喘息聲，雙手用力壓著我，再進到我的身體裡。每次他進到我的身體，我就會痛哭，聽到我的哭聲，他會又生氣又興奮地瘋狂打我巴掌，揍我或使勁揉我的身體，直到我渾身瘀青。他不斷地在我體內抽動，弄得我的下半身滲血，最後拔出來射到我的嘴巴，逼我吞進去。如果我因此嘔吐，他就會暴怒，更加用力地打我。每次結束後他都威脅我：『你如果敢告訴你媽，我就把你們都殺了。』

「但媽媽還是發現了，因為我身上都是傷。我把事情告訴媽媽，媽媽先是沉默，走到陽台抽了許多根菸，接著拿了曬衣架進來用力地痛打我，邊打邊說：『連我的男人你都要搶，你要不要臉？你要不要臉！』我哭著說對不起對不起，但我根本沒做錯什麼，我不知道為什麼要說對不起。媽媽打累了，虛弱地跌坐在地上，我瑟縮在牆角聽到她說：『如果他又找你，你不可以說不要，』然後嘆了口氣，流著滿臉的淚說：『我怕他不愛我，我不能讓他離開我。』

「我不知道是因為害怕那個男的殺了我們，還是害怕看見媽媽的眼淚，我忍著被那個男的性侵好幾年。直到上了高中開始玩網路遊戲，遇到一個網友，是個大學生，有次他突然問我缺不缺錢，如果我願意幫他吹，他會給我錢。我那時候想，反正我已經髒了，既然都被用髒了，再髒一點也沒什麼關係。上了大學後想要逃離那個家，而且內心很空虛，覺得自己很髒，不會有人愛我或關心我，所以物慾很強，愛買昂貴的東西，非常需要錢，我又想既然被用髒那麼多年了，也不可能變成乾淨的人，我就開始當男妓。

「你說男妓辛不辛苦？其實哪個工作不辛苦。我跟其他男妓不一樣，我是男的女的都接的，對我來說性這件事情跟感情無關，是很單純的交易，給我錢我就可以做。不過還是有讓我很痛苦的時候，有的男人很變態，喜歡揍人，喜歡別人吃排泄物，有的女人卻喜歡被打，喜歡別人強姦她；有的身體有怪味，有的喜歡嗑藥，有的喜歡用玩具、綑綁、嘗試奇怪的姿勢，各式各樣的，千奇百怪，但我的想法都一樣，我十二歲那年就髒掉了，既然被用髒了，再髒一點也沒什麼，只要給我錢，你想要愈特別的服務就給我愈多的錢。為了賺錢，我大學都沒去上課，最後被退學了。去學校辦退學手續那天，與一群大學生擦身而過，我看著他們一群一群地結伴走著聊天，笑得那麼天真開心，我卻一點也不羨慕，因為我知道那些乾淨美麗的人生是永遠與我無關的。

「我的人生很髒很髒。

「我想大學畢業也賺不到什麼錢，被退學後去當兵，在軍中一樣私下跟那些同袍做，還有長官找我，一樣賺錢，沒讀書也沒有不好，反正髒掉了都一樣，只要給我錢，我就願意做。

「你問我媽知不知道這些事，我想她是知道的。那個男的後來還是離開了，畢竟他跟我媽的關係不可能長久。男人離開後，我媽像是得了精神病，什麼事情都不做，不斷在家裡面堆東西，堆到整個家像垃圾場一樣。每次接到她的電話，她只會說：『我沒錢了，我養你那麼大，你快給我錢。』我就會氣到渾身發抖地掛斷電話，痛哭失聲，但不知道為什麼，每次哭完後，我還是一樣匯錢給她。不然能怎麼樣？不給她錢，她一定會死的。

「你問我有沒有愛過人？我愛男的還是女的？我的性向是什麼？那時的我真的不知道。我曾經思考過像我這樣的人，我是怎麼樣的一個人？我無法定義自己，我不知道怎麼定義自己，我不知道自己是一個男人還是女人，跟男人做的時候我覺得我是女人，跟女人做的時候我覺得我是男人，這樣是不男不女嗎？如果是這樣，這樣的人還可以愛人或被愛？

「愛是什麼？

「我也曾經想過我有沒有愛過人。我以為我愛我媽，但我媽愛我嗎？我人生有很長的一段時間相當依賴她的肯定，因為她是我唯一的親人。我也想過我是不是愛過那個男的？因為他給過我幸福家庭的假象，而且他是我的第一次。我以為我暗戀過身材精壯的男同學，或是喜歡長相可愛的女同學，但後來發現我只是因為青春期，對他們有著性幻想，性幻想是愛嗎？

「我以為我愛我自己，可是一個真的愛自己的人會把自己弄成像我這樣嗎？而像我這樣又是什麼樣呢？繞來繞去，想到死胡同裡，我得不到任何答案。

「愛這件事情是沒有答案吧？而且愛這件事太難了，也太讓人難過了。

「若是說我這輩子離愛最近的，應該就是我現在這個病吧？畢竟這個病的名字就叫『愛』滋病。

「幾年前因為身體一直出狀況，不斷地發燒生病，人很疲倦，上吐下瀉，以為是腸胃炎，結果網路上認識的同行跟我說去驗一下吧，可能中了。我當時想說我還沒三十，沒這麼快吧？在醫院看完報告，確定染病的那天，我走出醫院一點想法都沒有，我走到西門町，走去那個男的當初帶我去吃牛排的店，店倒了，我又去了那家電影小包廂，自己一個人在裡面看完一整齣電影，想起當初每次來這裡根本沒看完過一整部電影。看完電影後，不知道哪裡來的念頭，我搭上車回到老家。

「我已經十年沒有回家了。

「打開門看到我媽，我媽一個人坐在客廳裡面看電視，看到我回家，她只是微微驚訝一下，但什麼都沒說，只問：『吃飯了沒？』我搖頭。她說：『會不會餓？』我點頭。她就走到廚房煮了一碗泡麵。我跟她兩個人坐在堆滿雜物的客廳裡，屋子裡的垃圾比從前更多更滿了，滿得像是廢墟。

「我沉默地吃著那碗麵，她眼睛專注地望著電視，兩個人什麼話也沒說，時鐘還是滴滴答答地發出微弱的聲音，感覺像過了一輩子那麼久。她突然問我：『出了什麼事？』我沒說話，只是靜靜地望著她。

「離開前，她眼睛一樣望著電視而不看我，我看著她以前坐的那張餐桌，從前擺滿化妝品的餐桌現在堆滿垃圾，從前她身上的濃烈香水味變成滿屋子的霉味，我想起她幫我塗口紅說我很可愛，想起自己也曾經是個乾淨的人。我也曾想像過家的模樣，也曾渴望和眼前這個是我媽媽的人建立一點什麼，我的眼淚無法克制地湧了出來，渾身顫抖地問她：『妳當初為什麼要那樣對我？妳為什麼要那樣對我！』她像是什麼都沒聽到，安靜了許久後才開口說：

『我沒錢了，記得要把錢轉進來。』

「那一刻，我眼淚瞬間止住了。我起身走出那個家，沉默地關上門。在離開家的那段路上，我知道我永遠永遠都不會再回到這個家了。

「生病後，我開始想要讓自己『乾淨』一點，但我這裡說的乾淨並沒有歧視的意味，我只是想告別過去的自己，若不告別，我可能無法撐住自己，無法繼續活下去。我開始與朋友一同到國外批貨，在網路上賣衣服維生。我一直以為生病會讓我痛不欲生，但生病後的我非常遵照醫師的囑咐，日常生活也沒有想像中的艱難，我定時吃藥，按時回診，生活狀況與其他人並無不同。你聽過陽性檢測不到吧？我目前就是檢測不到，不具感染力的。生病後最痛苦的是歧視，這個病是不能輕易說出口的秘密，一旦說出口，得到的往往是拒絕，例如你可能無法想像，我曾經因為誠實告知自己的病況被牙醫委婉拒絕看診，我知道錯不在他，人對於未知或可能的傷害存在畏懼，即使如此，我內心仍不免覺得受傷。

「在一次參加病友的活動時認識了一個大姐。大姐其實是女同志，因為家庭因素才選擇結婚，結婚後老公在外面亂搞，她才因此被傳染的。這幾年我跟大姐同住，我不知道這是不是愛情，我們會擁抱聊心事，但不會做愛。在與她共處的生活裡，我感覺自己一點一點地變得乾淨，開始對過往抽絲剝繭，一點一點地檢視自己的人生。

「有時候我會想，一個人的出身、樣貌、性別和性向對他的影響有多少？或者一個人會被這個世界的定義影響多少？現在的我認為，所謂的人，不是只有出身背景、樣貌好壞，性別是男是女，愛男的還是女的而已，人會被世界的定義影響，人會因為遭遇與痛苦而成長，但更重要的或許是人必須在這個世界裡找到自己的定義。

「有次大姐跟我說，她在網路上讀過一個研究不存在生物的科學家寫的文章，那位科學家談到傳說故事裡的美人魚其實沒有性別，美人魚可以是男的也可以是女的，因為遇到不同的人而有不同的樣貌，人魚也會愛人，也渴望被愛。雖然不知道這篇文章是不是認真的，很多人都說農場文章看看就好，但是真是假又如何呢？我所深信的是大姐想對我說的那些話。

「我覺得自己就像是人魚，沒有真正的性別，會因為不同的需求而有不同的樣貌，可以去愛想愛的人，更有機會被愛。

「總有一天，我也可以去愛想愛的人，也有機會被愛。即使是像我這樣的人。

「即使像我這樣的人，總有一天，我可以是我，如果真有那麼一天，如果這個世界真的能變得溫柔，不會有人像我這樣被弄髒，不會再有性侵、家暴、背叛與歧視，能讓每個人可以不要再為了他人的傷害而被迫扭曲自己。

「但說真的，你問我這輩子還有什麼放不下的事嗎？

「我有時候還是會偷偷地去走那段回家的路。每次我都走得很慢很慢，不斷地來來回回，只是我不再走進那個家。我會在那個家的樓下抬頭往上望，望著那個堆滿雜物的陽台，夜晚的時候，陽台會有微微的光。望著那道光，我像是望著一個遙遠的遠方，一個我永遠永遠都靠近不了的地方。

「我仍然放不下那個傷害我一輩子的媽媽。」

‧眼淚的重量‧

一個不存在黑暗面的人
是沒有出口的，
傷痛與眼淚也可以是良藥。

她說：

「記得是我出社會工作的第十五年，將要滿四十歲的時候。那是個星期一，我如往常般提早到了公司，快步走進會議室，坐在長桌右側數來的第四個位置，打開筆記型電腦，凝神閱讀要上台報告的內容。這樣的日子重複了無數次，如運動選手進行訓練，將同樣的動作反覆操練到精熟，修練至完美無瑕，例行性的工作狀態早已寫進血液之中，熟悉得即使毫不思考都能本能地做出反應，但那天卻完全不同。

「我先是覺得好冷，寒意從腳底爬升，最後蔓延到背脊。我的太陽穴開始發疼，眼皮不停地抽動，精神渙散，無法專心。我想著是不是冷氣開得太強？但想想又不對，已經十一月底，分明是冬天，難道是暖氣開得不夠？會議上，長官們提出各項檢討，滔滔不絕地講了數十分鐘，我試圖集中精神，但情緒干擾的狀況過於嚴重。我開始耳鳴，體內有股氣流胡亂竄動，渾身發寒顫抖，大腦不斷發出哀鳴，轟轟作響，聲音如一顆顆猛擊的石頭，幾乎將我擊垮，因為發自於體內，根本無處可躲。我感覺自己的身體攻擊著自己，殘忍的，每一下都毫不留情地重擊我的細胞與靈魂。當輪到我報告時，起身的瞬間，我知道自己快要暈倒了，雙腿發軟，使不上力氣，驀地，眼前一片空白……

「醒來時，我躺在醫院的病床上。助理在一旁看著我，我問：『現在幾點了？不對，我的報告……』我看見她的眼神裡充滿無助且惶恐，怯弱地對我說：『妳還好嗎？』我納悶地問她：『怎麼了？』她遲疑了許久後說：『妳剛剛在會議室裡面大哭。』

「她告訴我，會議進行到一半時，我突然大吼『我受不了了！我受不了了！』，接著將電腦掃到地面，整個人癱軟在地，暴哭失聲，如瘋子般吼叫，旁人拚命想拉住我，我卻死勁掙扎，把眾人推倒，最後拔聲尖叫，隨即暈了過去。

「我對這樣的自己一點印象都沒有。

「我被判定有嚴重的憂鬱症，主管傳了訊息要我休假一陣子，口氣嚴肅地命令我必須去看醫生。醫生問我：『妳平常是不太愛哭的人嗎？』我問他：『什麼叫不太愛哭？頻率多常才叫愛哭？』醫生並沒有覺得我在挑戰他，反而笑了：『妳想哭的時候會讓自己哭出來嗎？』過去的我應該會立刻反擊回去，這是我長年所受的訓練，面對質疑與問題，必須俐落地回應，不能有一絲猶豫，否則對方會察覺我的弱點，但那一刻我卻沉默了，我想不起上一次哭是什麼時候，我連是否曾覺得想哭都忘了。

「我告訴醫師：從有記憶以來，我受到的教育就是『努力』。父親是個嚴格的人，他採取軍事化管理的教育方針，自小我就被教導要謹慎地『規畫』自己的人生，對任何事情都得全神貫注、全力以赴，絕對不允許任何差池。我的人生如同一個縝密的計畫表，每一分秒都被仔細地畫分成小格，每一格皆詳盡地填上待完成的事務：幾點幾分就寢與起床，什麼時間吃飯，何時讀書與運動，幾歲前完成哪些目標，體態得維持什麼模樣，成績要考到多少分，必須考取哪個學校，進入哪間公司，到達到哪個層級的位子，獲得多少收入與成就，甚至連婚姻與生育都是一種計畫，而每一步我都做得確實且完整，不曾讓我父親失望——除了婚姻與生育，我曾經結過婚，也試著想要孩子，但我發現在婚姻裡，我無法縝密地『規畫』丈夫的人生，我無法按照時程安排自己生出一個孩子，我甚至無法評斷與預估孩子將變成什麼模樣，為了更好的人生『規畫』，我不得不將這兩個項目從生命中刪除。

「我的人生不被允許有絲毫的不完美，不完美是不正確的。

「醫師聽完後微笑不語。我們靜默地對望了數秒後，他問：『那妳安排什麼時間讓自己哭？』我猛然覺得自己被羞辱了，憤而離去。

「離開醫院的傍晚，因為不能到公司上班，也沒有任何事務等待我去完成，我只能漫無目的、焦躁不安地在街上亂晃。那是個平常日，看著街上人們悠閒地四處走動，我無法想像世界上竟然有人能如此過活，他們為何可以放任自己無所事事，不事生產？他們難道不會感到不安嗎？站在街頭看人來人往，想著自己與他們的差異，會議室裡讓我渾身發寒的感覺再度泛起，我趕忙躲進咖啡店裡。平日午後的咖啡店並非空置，甚至高朋滿座，我納悶地想：這些人難道不用工作？我被安排坐在靠窗的個人座位，打開筆記型電腦，試圖從工作文件中找回一點安靜的感受，但嘈吵的對話聲令我感到煩躁。腦海裡不斷地想著：為什麼他們可以這樣活著？這樣的人生還有秩序可言嗎？他們對時間如此不尊重，不規畫生活，不安排行程，這樣不怕毀掉自己嗎？但他們為何看起來如此快樂？這樣不完美的人生居然可以獲得快樂？難道是我的問題？醫師的那段話不斷在我腦海響起：『那妳安排什麼時間讓自己哭？』寒意再度襲來，體內四竄的亂流攪得我五臟六腑發痛，幾乎窒息，眼前開始模糊了。我聽到送來咖啡的服務生問我：『小姐，妳還好嗎？』我回望她，感覺自己想說些什麼，雙肩與舌頭卻像被下藥麻痺似的，使出全力才能輕微地搖動頭部，對方則說：『可是妳在哭……』她話還沒說完，我已奪門而出。

「那段日子我被困在家裡靜養。因為時間完全閒置，計畫表呈現空白，每日醒來對我而言都是地獄。我試著找各種事情填滿時間，看書、運動、做飯，甚至學朋友追劇，但愈是刻意填滿空白，愈是感到虛脫，整個人如同跌入流沙裡，愈是掙扎，愈是陷入。我不敢出門，因為每次從可以映照出面容的物體上看到的自己，我都是流著眼淚的模樣。雙眼像是故障了的水閥，淚水不斷地從體內噴洩而出，我無可自制地流淚，但卻不知道自己是否悲傷，只覺得身體不斷地有什麼流失著，枯竭著，而且疼痛不堪。然而，即便如此，眼淚仍然無法完全排遣體內亂竄的氣流，我時刻都覺得體內有什麼要湧出來，狂暴的，滾燙的，但卻苦無方法讓它們離開我的身體，如亂箭鑽心，劇痛深。痛到最後，某個深夜，輾轉反側，我起身到廚房想喝水，看見流理台上的水果刀，我拿起刀割了自己。

「你一定無法想像，割開自己的那瞬間，竟然完全不痛，我甚至因此覺得自己好多了。

「我被迫住院治療。在醫院裡，父親來看我時，嘆息不已，我無顏面對他，我是一個失敗者，我沒有規畫好自己，淪落到這般田地；朋友們來看我時，他們總是靜默，他們沒有想見我會沉淪至此。當中有個朋友讓我印象深刻，她曾是我最看不起的人，她從前是學校裡最優秀的學生，我們曾是彼此課業上的競爭對手，為了追趕上她，我時刻不敢鬆懈下來，但她在研究所畢業後工作不到幾年，生活居然開始變得失序，她酗酒、發瘋、失業、自殘，把完美的人生毀滅殆盡，但在醫院裡，她卻讓我感到救贖，除了『同病相憐』

外，主因是她對我說的一個故事。

「她說她某天在網路上看到了一個講述美國連續殺人犯故事的影片。殺人犯在家中設置『刑場』，連續虐殺多名女性。被捕後，探員們到他的家中採集證據，看到現場虐殺被害者的刑具、殺人犯設計的虐刑草圖，以及被害者於遭虐殺過程中被拍攝的多張照片，眾人立刻奪門而出，於屋外嘔吐。最後僅有一個女探員待在屋子裡，獨自一人搜集證據與製圖。女探員結束採證的工作後，將文件交給長官，開車回到家中，安靜地吃了一頓晚餐，沐浴更衣，坐在房間的床上，拿出床頭櫃裡的手槍，飲彈自盡。

「述說這個故事的時候，她語氣平和，沒有一絲悲傷，但雙眼卻不斷湧出眼淚，而我也感覺自己臉頰上的肌膚被淚水潺濕。我們似乎都明白女探員的內心發生了什麼事，她是我們的倒映，她代表了我們。她必然是個負責盡職的人，即使與其他人一樣無法承受地獄般的兇案現場，她仍然撐著自己，只為完成任務。然而，在採集證據的過程中，她的內在逐漸崩毀著，靈魂一點一滴地死去，我彷彿可以想像自己也在那個屋子裡，如同過往的我，盡心盡力地完成計畫表上的每一個項目，但我逐漸在死去，無可遏制地，一點一滴地殘殺著自己的內在與靈魂。我無法告訴別人，我在死去，我很痛苦，我逐漸崩塌著，甚至已經無法安適地存活，我需要一個出口，一個可以逃出去的可能。女探員以死來完成這件事，我的朋友用的是酒精，而我則是眼淚。

「我是否比她們更幸運？但這是否也是種不幸？

「我問那位朋友：『妳還喝酒嗎？』她說：『還是喝，但不是像從前那樣，妳懂吧？』我點頭：『妳是怎麼走出去的？』她微笑，非常清朗而潔淨地微笑：『呼吸，每一次都慢慢地呼吸，妳就會開始感覺自己還活著。』

「出院後，我試著調整自己的呼吸。我明白她所說的『呼吸』並不是指呼吸這件事，而是透過呼吸的動作感受自己仍然存活。我學著把行事曆收在櫃子的深處，移除記錄待辦項目的APP，試著將時間放在時間的外圍，將生活放回時間的內裡。我慢慢地吃飯、喝水，發現食物與水原來有我從未懂得的味道；我開始慢跑，做瑜伽，學習呼吸的方式；我反覆閱讀同一段喜歡的句子，重複聽同一首能讓我流出眼淚的歌，並且開始專注書寫每日的生活，而不再是刻意安排明日的行程。

「每一次感到寒冷，體內氣流開始竄動時，我便會靜下身軀，閉上雙眼，慢慢、慢慢地呼吸，尋找感覺自己仍然活著的節奏。

「出院至今近三年了，我不知道自己改變了多少，或許人無法完全擺脫過去的自己，那是於成長過程中所建構出的生活模式。我只能學習與時間相處，與眼淚共活，與曾經傷痕累累的自己共生。

「我們的身體其實比我們更理解自己，我們的情緒、思想、肉體都比我們更懂得我們，只是我們不斷地用各種方法欺騙自己，以為可以規畫一切，掌握所有，甚至控制自我，並且不斷地對自己說：『我很好，我可以，我不怕，我做得到。』但事實上我們並非如此，也不需如此。當這個世界充滿了各種正向思考，教導我們必須樂觀面對事物，抱持積極的心態，完成各種期待，否則我們就是失敗者時，沒有人告訴我們，負面的思考、悲觀的情緒、消極的狀態，失望的發生，失敗者的價值，其實也是一種救贖，人必須擁有它們，否則無法取得平衡。

「一個不存在黑暗面的人是沒有出口的，傷痛與眼淚也可以是良藥。

「我仍時常想起在會議室裡失控落淚的自己，那是蓄積了近四十年的眼淚，在某一個時刻，壓力到達極限的時候，身體幫我開闢了一個出口，試著讓悲傷傾洩出來，否則我可能將走上絕路。那個不斷哭泣、呼吼出聲，將最醜陋一面展現於眾人前的我，也許在外人看來如此恥辱不堪，所有人勢必至今仍議論著我是不是精神崩潰，為我編寫八卦故事，但唯有我自己明白，我的生命在那一刻覓得了出路，我的身體在最危急關鍵的時候拯救了我。

「在那個瞬間，我應該是幸福的，只因眼淚的重量變得很輕很輕，而我被自己徹底釋放了。」

夢醒時分

夢想不就是如此嗎？
在別人眼中看似可笑，
在自己的心裡卻踏踏實實的。

她說：

「這樣說也不怕你笑我，從我有記憶以來，我的夢想就是嫁給深愛我的男人。

「該怎麼形容這樣的夢想呢？你玩過扮家家酒吧？我小時候特別喜歡這個遊戲，而且一定要演媽媽，因為母親不僅是母親，同時也是女兒與妻子，母親融合了女人一生的各種階段。遊戲裡的任何一個橋段都是我對夢想的練習：

清晨醒來張羅一家人的早餐，打點孩子與丈夫出門的所需，目送他們離家後，挽起袖子開始一日的家務，辛勤地打掃洗衣，出門採買購物，安排時間與公婆、親戚及鄰居們交流感情，難得偷閒睡個午覺，但因為總是晚睡早起，仍無法彌補睡眠的不足。繁忙間，不知不覺已到黃昏時分，趕在丈夫孩子回家前做好晚飯。陪孩子做功課，待孩子睡了才得閒與丈夫坐在客廳裡看看電視談談心。有時丈夫回來晚了，臉上雖不露情緒，但心底難免焦慮擔憂，直到他平安歸來，內心的大石才能放下。你問這些成熟女人的事情，一個小女孩怎麼會懂？我懂的，我自小就清楚地知道這些事，因為我生來就是為了做一個女兒、一位妻子、一名母親，於是，所有與相夫教子有關的事情都是我真心渴望的。

「每當有人問我，妳的夢想是什麼的時候，我會毫不遲疑地說：『我想做一個女兒、一位妻子、一名母親，如此，我才能成為完整的女人。』若要成為完整的女人，唯一的方法便是『婚姻』。

「為了完成夢想，我從小便跟著母親學做家務，打掃洗衣，燒菜做飯，照顧弟妹，甚至幫忙打理父親的日常。母親的工作是做家庭裁縫，於是我自小就會打毛線、補鈕釦、縫衣服，甚至能照著進口時裝雜誌裡的照片，靠雙手做出一件相似的洋裝。

「因為早在心底決定未來要嫁人，對課業一直不太上心，中學時著迷讀言情小說，經常躲在被窩裡看書。我不喜歡瓊瑤寫的那種轟轟烈烈的愛情，反而更偏愛簡單平凡的故事。我總幻想著畢業後順利地進到某家企業，做份普通的差事，勤懇度日，因著某次的機緣，巧遇深愛我的男人。還記得某段小說情節：女孩身體不適，趴在辦公桌睡著了，男同事輕點她的肩膀，她從夢裡醒來，渾身發燙，男同事趕忙揹著她去看診，過去不曾有過情愫的兩人，因為此次的機緣而相識相愛。你說這是少女的浪漫幻想嗎？於我而言不是。在我心裡，愛情是巧妙的日常染著戲劇的色彩。

「為了遇見心儀的人，於戲劇化的一刻贏得他的目光，我總細心地裝扮自己。學著當時日本進口的雜誌上的女明星，即使用便宜的化妝品也能化出相同的妝容。假日時，精心地梳妝打扮，穿上自己做的洋裝，與女性好友到西門町看好萊塢愛情電影，結束後在街頭漫步閒晃時，路上總有許多男人目不轉睛地看著我。我喜歡男性目光的禮讚，男人的原始本能，獸性神性交融，是令我感覺最接近『婚姻』之夢的時刻。

「『婚姻』是我此生最燦爛美麗的夢，為了完成這個夢，我時刻學習著怎麼成為一個女兒、一位妻子、一名母親，然而，這樣仍然不夠，我還必須找到我的『白馬王子』。

「你一定在心裡面笑我吧？什麼年代了，現在的女人都談『女權』，前兩年轟轟烈烈的『鄧如雯殺夫案』，專家們總說她是遭受舊有體制壓迫至極的悲慘案例；先前的『台大女學生看A片』事件，也有女教授投書報章媒體，倡議女人勇敢走出家庭與性封閉，活出自我。你聽到我的夢想是『婚姻』，期待遇見『白馬王子』時，一定覺得可笑吧？但，夢想不就是如此嗎？在別人眼中看似可笑，在自己的心裡卻踏踏實實的。反而你們談的『女權』與活出自我，打破傳統體制，勇敢活出自己，這些於我而言更是飄忽遙遠。

「更何況世上本來就不會只有一種女人。

「然而，或許是因為世上有千千萬萬種女人，致使我的感情路總是不順。男人愛的女人，究竟是千萬種女人中的哪一種呢？讀五專的時候，我參加過無數次的聯誼，每次都讓我雀躍不已。我喜歡聯誼活動的所有細節，眾人進行互動遊戲的時刻，與男生單獨接觸的片刻，乃至於結束後與對方通信聯繫。但不知為何，這些曖昧的戀愛前奏曲，我總是先被捨棄的那個，每每都無疾而終。難道是因為我不夠漂亮？可是在眾人之中，我經常是最被注目的一個，自小我收到最多的情書，受各式男性圍繞，每個女孩都議論著我的感情是非，只是我卻從來不如她們謠傳般擁有愛情。

「我擁有過無數的曖昧情愫，但真正的初戀是直到畢業後才發生的。

「如我所願，畢業後進入傳產企業裡工作。公司裡女性員工少，男人們都待我極好。其中一個男孩，同事們笑稱他老松，因為他做事認真，認真得過分了，顯得呆板正直，缺乏幽默感，如棵老松。他經常晃到我的桌邊，放一顆梅子糖，我總笑他：『這糖果太老氣了，沒有女孩子喜歡。』他只是一臉尷尬，誠懇地說：『哪天有空再一起吃飯。』但我從沒跟他吃過飯，因為我早已心有所屬。

「我總是在辦公室待得晚，於座位上等著，雙眼偷覷某間緊閉的辦公室，冀盼那扇門能早點打開。總挨到近九點，門才緩緩開啟，我便連忙收拾東西下樓，奔到公司附近的麵店，先點兩碗麵一盤滷菜，坐在面街的位置等待。他總在夜色裡緩步走來，如童話的白馬王子，從遙遠的國境來到我的面前。

我進公司的第一天便認識他了，他是隔壁部門的上司，第一天下班便遇上大雨錯過了公車，在麵店躲雨時遇見了他。

「遇見他，我才知道真正的愛情並不存在道理。那晚他開車送我回家，在車上我們說了久久的話，有聊不完的話題。他風趣幽默，聲音教人溫暖安定，如過往讀過的愛情故事，於千萬人之中，我們相遇了，於車內的幽光裡，感覺自己愛上了他。不久之後，我們便有了親密關係，我並不介意他已婚有孩子，你問我為什麼？如我所說的，愛情是不存在道理的，甚至很多時候根本蠻橫不講理。我該如何告訴你，他每次望著我的眼神是如此真誠，他進到我的身體時，總在我耳畔輕輕吹撫，深情地訴說著：『我愛妳，我愛妳。妳等我，我會娶妳。』於是，我總在他的目光與低吟之中暈眩，無可遏止地墜到等待的深河，明知可能會就此溺斃，仍心甘情願地沉下去。

「後來我不是溺死在無盡的愛裡，而是再一次被狠狠拋棄。某日進公司，被主管告知我被辭退了，沒有理由，即刻離開。我急了，束手無策，只得又哭又鬧地跑去拍他的門，哭喊著向他求助，我不在意這份工作，我在意的是他。然而，無論我哭鬧多久，如何苦苦哀求，門始終緊閉著，沒有絲毫回應。當我鬧到覺得自己都發窘，轉過身發現辦公室裡的所有人都看著我，他們一個個的目光彷彿都知道發生了什麼事，我赤裸地佇在他辦公室的門口，每個人的眼神似乎都在嘲笑著說：『我們都知道你們的事。』

「失業的日子，我鎮日將自己鎖在房裡，以淚洗面。忘了過了多久，直到母親說有同事打來電話，我心裡無限喜悅，以為是他回心轉意，衝到客廳接起電話卻聽到：『妳還記得嗎？我是老松。』聽到他的聲音，我失望得痛哭，想著怎麼是這個人，老松急得連忙安慰，我反而氣得掛了他電話。

「過後的幾日，我總是感到噁心，吃什麼都想嘔吐，身子沉重，渾身疲憊，想起電視連續劇裡演的劇情，想著隔壁大肚子的姐姐半年前也是這樣，心底著急起來，焦慮著自己該不會懷孕了？

「老松仍天天打電話來。某日家中無人，我接起電話，因為心焦又疲憊，於是破口罵他。他在電話一頭反而安靜地聽我罵著，不反駁不憤怒，只是等著，直到我罵累了，他才緩緩地說：『我擔心妳。』聞言，我哭了起來，將懷孕的擔憂告訴了他。他聽完後卻沉著冷靜地說：『若真的有了孩子，那就生下來。』我詫異地說：『我一個女人怎麼養孩子？』他卻語氣篤定地回：『妳有我。』我嚇得掛上電話。

「我在床上輾轉反側，冷靜地想著，嫁給了他，若真的有了孩子也不用怕，而且，我自小懷抱的夢想也算實現了，我真的成了妻子與母親。

「夜半時分，我拿起話筒撥給了他。電話一頭傳來的聲音含著濃濃的睡意，聽見是我的聲音，他瞬間醒了。我知道，他在等我。那個夜晚，他依然如過去般話少，靜靜地聽我哭著。末了，他問我：『妳喜歡聽歌嗎？』我哽噎地回了聲『嗯』，電話那頭安靜著，沒多久，傳來淡淡而熟悉的女歌手的聲音，而老松和著她的歌聲唱著：『早知道傷心總是難免的 你又何苦一往情深 因為愛情總是難捨難分 何必在意那一點點溫存』。聽到歌聲，我再次哭了起來。老松則繼續唱著：『要知道傷心總是難免的 在每一個夢醒時分 有些事情你現在不必問 有些人你永遠不必等……』[1]

「婚事居然就這麼定了，因為時間不多，我們匆匆忙忙地籌備著婚禮。過去從沒想過結婚是如此大費周章的事，提親、合日，選定文定與結婚的日期，雙方家人溝通禮節形式，擬定宴客名單桌數，挑選喜帖喜餅婚戒首飾，拍婚紗，張羅各項細節，忙得無暇休息，然而，我感到無比巨大的快樂，快樂得幾乎要飛起來似的，因為每一步都使我更接近自小以來的夢想。

「一切真的如同一場夢，即使到結婚的當日，從鏡中望見完美妝容、穿著唯美白紗的自己，我依然不敢相信這一刻即將到來。進了禮車時，窗外開始飄雨，若真有意外，或許是我從未想過大婚之日會是雨天。每個人心裡設想的婚禮，應該都是風光明媚，晴空萬里的吧？我坐在車裡，透過頭紗望著窗外的雨，心底生出惶惶之感，天愈來愈暗，如黑幕籠罩，無邊無際，我的視線逐漸模糊，眼皮愈來愈沉，覺得好累好倦，身子一點一點地沉到黑暗裡，抖地墜了下去。

「於黑暗中，我雙腳突然一個踩空，驀然驚醒過來。原來，窗外的滂沱大雨，無邊無盡的黑暗，不過是一場夢。

「睜開眼睛，發現自己站在教堂的門口，近日剛興起西式婚禮，好萊塢電影似的，在教堂裡，於神父的見證之下締結盟約。恍惚間，我聽見遠處悠悠的鐘聲響起，聲音遠逝，門緩緩開啟，父親牽著我的手，伴我踏上紅毯，一步步地往前走。隔著頭紗，萬物朦朧，但我知道他站在不遠處的神壇前，我正走向那個我自小企盼的夢，我用盡此生，分秒期待著的，完美無瑕的夢。

「當我走到他的身旁，父親將我的手交給了他。神父讀著誓詞，他輕輕地掀起我的頭紗，望著我的雙眼，誠摯地說著：『我保證一生中每一日都對妳忠實，或好或壞，或疾病或健康，或憂傷或喜樂，我都將永遠守護妳、尊重妳、深愛妳。』我回望他，欲將開口時，暈眩的感覺再次襲來，我的眼前忽然一陣昏暗，感覺自己又再次墜入黑暗之中。墜落時，彷彿聽見他厲聲地呼喚著我：『老婆——』而我卻無法控制自己，只能持續墜落著，永遠無法著地似的。我使盡渾身力氣嘶吼，幾乎將肺臟吼裂，聲音卻於出口的瞬間全數飄散，毫無蹤跡，我聽不見自己的呼吼，慌亂中我再次聽到他反覆呼喚著我：『老婆——』

「『老婆，』他的聲音極輕極輕，如在耳畔，如在電話裡對我唱歌時。『老婆，今天是妳五十歲的生日，我要對妳說生日快樂。』五十歲？不對，我不是才二十三歲嗎？他又說：『老婆，自從婚禮前的車禍後，妳便睡著了，無論怎麼喚妳，妳仍然沒有醒來。我每天都來這裡見妳，從以淚洗面到現在能平靜地陪著妳。二十七年來，無論風雨，我總是懷抱希望來見妳，期盼妳能醒來，只求妳醒來時第一眼看見的人是我。醫生總對我說要相信奇蹟，因為妳，我沒有放棄過，我比誰都深信奇蹟的存在，哪怕只是微小的光，我都用盡全力地望著，然而，二十七年了，我依然等不到妳醒來。』

「『二十七年了，我內心的煎熬苦楚無人可訴。甚至到後來，妳的父母也總勸我，若此生能再遇見另一個好女孩，不要怠慢人家。妳還記得我之前帶婷來見妳嗎？我在妳的面前向她求婚。今天是我們大喜的日子，我們攜手來這裡見妳。我想告訴妳，我沒有放棄，我仍等著妳醒來，我始終在這裡，只是我的下半生多了一個人陪我一起等待。妳毋須害怕，我依然是我，我仍在等妳。』

「我聽著他的話語，記憶如刀刮，一片片地將我魚身似地剝得乾淨，帶著一身的血腥。我記起了過去，沉睡於我的身體裡的，停滯不動的時光。

「我的美麗的夢想，在沉睡的停滯裡逐漸黯淡，了無生機。我在無邊的深淵裡哀泣，眼淚如海，將我吞沒，而我明白，無論多麼傷心，他無法感覺我的悲傷，他只能看著我平靜眠睡的軀殼，將我的夢想與幸福移轉給另一個女人。

「我是自私的嗎？但我只不過想成為一個完整的女人而已，不是嗎？

「我聽見他們兩人離去的腳步聲，親暱緊密，活生生的，踏實的腳步，一步步地離遠，如我聽見來生，而我仍在前世，於渺遠的冥間沉睡。夢裡，前塵往事快速地播映：童年玩扮家家酒時，扮演母親做著晚飯等丈夫孩子歸來；中學時男同學寫的情書，用紅色原子筆畫著愛心；穿著自己做的洋裝，與女同學們走在西門町的街頭，男人們投來愛慕的眼光；想起幾段曖昧的戀愛前奏曲，與那段撕心裂肺的愛情；想起於深夜電話裡，以溫柔話語安慰我，輕聲地唱著情歌的他。

「我聽見他唱著：『早知道傷心總是難免的　你又何苦一往情深　因為

愛情總是難捨難分 何必在意那一點點溫存』。

「我忽夢忽醒，而我又明白自己永遠不會再醒。年幼時讀莊周夢蝶，他在夢裡變成蝴蝶，自由自在，忽爾醒來，夢仍清晰，但他卻不知自己究竟是蝴蝶或是莊周。這二十七年，我的夢想與我如同蝴蝶，翩然飛舞，舞在無人知悉的眠夢裡。

「夢裡，教堂的鐘聲再次悠悠響起，餘音不絕，我彷若聽見年幼的自己說著：我的夢想是嫁給自己深愛的的男人，我想做一個女兒、一位妻子、一名母親，唯有如此，我才是完整的女人。

「只是，我是否已沒有機會完整我的夢，完整我自己？

「我反覆自問，嘶吼咆哮，聲音於夢境的柔軟裡被吞噬，渺無蹤影。如二十七年前婚禮的那天，時間暗了，將我團團包圍，恍惚間，睡夢裡的我又感到睡意，我沉入夢的夢裡，於其深處，似乎仍能聽見他輕聲唱著：

「『要知道傷心總是難免的　在每一個夢醒時分　有些事情你現在不必問　有些人你永遠不必等……』」

1　陳淑樺〈夢醒時分〉。

·無花果·

這世界難道沒有一種愛是只要有心就夠的嗎？
有了心，仍不夠嗎？
愛這個字的中間不就是一顆「心」嗎？

「我老家在淡水，隔壁鄰居生了三個小孩，最大的是女兒，我們都叫她阿霞姐姐。阿霞姐姐性格質樸，附近鄰居們經常這麼說：『阿霞很乖。』阿霞姐姐五專畢業那年就考進銀行，連我個性最苛刻的奶奶都說她很厲害。還記得我小時候，每天都能看見她穿公司的套裝制服，提著小包包走過巷口搭公車去上班的身影。每位看過阿霞姐姐的人也總是這樣說：『阿霞很乖。』在我很小的時候，阿霞姐姐就已經是這個模樣。每次她看見我，整張臉都是笑的，眼睛笑著，眉毛笑著，嘴角也笑著，笑容甜甜的，她會對我說：『妹妹啊，要不要吃牛奶糖，森永的喔。』那是我小學的事了，直到我大學畢業時，她仍在那個家裡，仍是穿著套裝出門上班，每次見到我時整張臉都笑著，有幾次仍會對我說：『妹妹啊，這麼久不見，妳長這麼大了，要不要吃牛奶糖，森永的喔。』

「爸媽從前總是談到她，對話都是一樣的：

「『隔壁那個阿霞啊。』媽媽說。

「『怎麼了？』爸爸回。

「『聽說有人要娶了耶。』

「『真的嗎？阿霞都幾歲了啊？』

「『好像快四十了吧？』

「『這麼大了，真的是老姑婆了。』

「『對啊，我以前每次見到她，都會笑著問：當時袂嫁啊？後來幾年都不敢再問了。』

「『悲哀啊，查某郎這樣真的悲哀，老姑婆真的悲哀啊，希望我們家妹妹不要這樣。』

「我後來也經常想起爸爸的那句話：『老姑婆真的悲哀啊』。

「但悲哀什麼呢？

「你小時候有喜歡過偶像嗎？對，追星，你有嗎？我讀高中時，班上同學們都有自己喜歡的男明星，有人喜歡小虎隊，有人喜歡紅孩兒，我不喜歡長相像小孩子的男生，我喜歡的是王傑，王傑跟他們不一樣，他沒有成群結隊，他只有自己一個人，孤傲、高冷、率性，像一匹狼，眼神充滿令人著迷的冷冽感。我深深記得第一次看到他的音樂錄影帶，看到他騎著摩托車奮勇衝進火裡，隨即又衝了出來，停下車，帥氣地拿下安全帽，回眸看著鏡頭的眼神，那一刻，我便深深地愛上他了。

「高中時我都得搭公車到市區上課。同班公車有一個隔壁男校的同學，我一直覺得他的模樣好像王傑。他的身材像王傑一樣瘦瘦的，但他比王傑更高一些，他的輪廓鮮明，鼻子很挺，唯一不像王傑的大概就是眼神吧，畢竟王傑那滄桑的眼神是沒有人可以替代的。我總期待在公車站等車時遇見他，見到他時，我的心便會撲通撲通地跳，幾乎要從胸口彈了出來，原來真的像愛情小說裡寫的一樣，撲通、撲通、撲通，整個人天旋地轉著，感覺自己的臉正發燙紅熱。

「我偷偷記下與他有關的事：他穿什麼牌子的球鞋，他戴什麼款式的手錶，他早餐吃什麼，他喜歡喝什麼飲料。我永遠記得他背著書包讀武俠小說等公車的模樣。他穿迪亞多納的球鞋，他戴 Casio 電子錶，他早餐吃火腿肉鬆三明治，他喜歡喝味全香豆奶與黑松沙士，喜歡讀金庸小說。我沒有買跟他一樣的球鞋與手錶，我還是喜歡更女性化的穿著，但我也愛上了吃火腿肉鬆三明治，開始喝味全香豆奶與黑松沙士，但金庸小說我讀不來，打打殺殺的，我對武功招式沒有興趣，只喜歡《神鵰俠侶》，因為他就像楊過，我就像小龍女，我曾經以為我們會失散十六年，直到最後再度相遇。我當時喜歡讀言情小說，瓊瑤、岑凱倫、嚴沁，讀到書裡面的男主角時總會想到他。

「台北冬天常常下雨，我時常在等車的時候，躲在傘下偷偷望著他。公車站人太多的時候，我便會偷偷地移動腳步，試圖靠近他一點，僅僅是靠近一點點的距離，我就能感覺整個世界變得好大好寬廣，因為他離我那麼近，世界隨時都會為我們而旋轉起來。

「依稀記得有一次出門太趕，我忘記帶傘，回家的時候下起大雨，他看到我時問：『妳是那個……』我不敢說話，他就繼續說：『我們早上一起等公車，妳記得嗎？』我一樣不敢說話，沉默著。他便將傘塞到我的手中，獨自一個人用書包遮著頭快步跑遠。有時候我會想，這是夢嗎？只是夢會有盡頭嗎？還是像王傑唱的：一場遊戲一場夢。

「然而，結局我是記得的。

「高中畢業那年，剛考完聯考放榜不久，我與高中同學約好到西門町看電影。在公車站等車的時候，我看見他牽著一個女孩的手，兩個人淡淡地說著話，聲音很細很細。看著他們親暱的那一幕，我的心如同被五雷轟頂般，整個人昏沉沉的，靈魂徹底死去了。我不知道自己怎麼到市區的，只記得那時候看的電影，男主角中槍變成了癡呆[1]，我自己也像癡呆了一樣，而那部電影裡的插曲都是王傑的歌，歌聲的內容就像我當時身處的情境，一首是他與那個女生的〈你是我胸口永遠的痛〉，一首則是屬於我的〈忘了你忘了痛〉。

「他們是一對熱戀的男女，他對女生唱：『妳是我胸口永遠的痛　南方天空飄著北方的雪　熱情凍結冷冷風中』，女生對他唱：『你是我胸口永遠的痛　永遠的痛　昨夜的夢留給明天　明天』。

「而我獨自一人坐在回家的公車上，心裡不斷唱起那首屬於我的歌：『誰曾經提醒我　我的愛沒有把握　就當我從來沒有過　還是忘了你　忘了我』。

「後來上了大學，我開始戀愛了。當時有一個男生追我追得很勤，他整個人真的像王傑一樣，幾乎是王傑的複製版，孤傲、高冷、率性，像匹狼一樣。他總是騎摩托車到校門口等我，脫下安全帽，長髮披散在他的臉上。他會騎車帶我去吃美味的小吃，到海邊吹風看海，到陽明山上看日出日落。每個女同學聽到這些事時，總會笑著問我：你們有沒有『那個啊』？聽到這問題時，我都會生悶氣，深深覺得她們玷污我的愛情。

「情人節的那天，他一樣到學校等我，手中捧著一大束玫瑰花，帶我去吃小統一牛排，牽著我的手在河濱散步，直到日落，直到月亮升起，直到回家的那一刻，我們仍依依不捨。他在我家巷口，輕輕地靠近我，雙手笨拙地擁抱我，我心臟開始劇烈地跳動著。他忽地鬆開擁抱，在昏黃路燈下看著我。我知道，他想吻我，像愛情小說的情節那般，輕輕地，柔柔地，他會將嘴唇慢慢地靠近我的嘴唇，兩個人的嘴唇在碰觸的那刻被愛意徹底融化。

「但是，但是，一切卻跟我從前以為的不一樣。他像愛情小說那樣輕輕地把嘴唇靠過來，我們的嘴唇碰觸的那刻，我的身體卻如同被硬物重擊般，我感到嚴重反胃，甚至嘔了出來，吐得他一身。他被我徹底嚇壞了，我連忙說對不起，他則是一臉無奈地驅車離開。後來每次約會，我們總是嘗試親吻，但我仍一次次地像最初那次般，身體如同被硬物重擊般，反胃噁心，渾身不適，甚至嘔了出來。沒多久，我們便分手了。

「大學交往了四個男友，每一次都是這樣，我喜歡他們擁抱我，但只要他們再多靠近一點，我的身體就會像被硬物重擊，渾身不自在，噁心地反胃嘔吐。

「有些男友則會繞過親吻，嘗試撫摸我的身體。我的身體有些部分是喜歡被他們撫摸的，我喜歡他們摸我的頭，我的耳朵、脖子、肩膀與腰，我最喜歡的是小腿，但當他們碰觸我的胸部、大腿，甚或是大腿內側時，我就會像被雷擊般渾身不自在，渾身抽搐，極力抗拒。

「最初我會試圖忍耐，我想著，我只是害怕，畢竟毫無經驗，誰都會害怕，不是嗎？但因未曾有過性經驗的害怕，會害怕到像被電擊般渾身冒冷汗，不斷發抖抽搐嗎？還是我其實不愛對方？因為不愛他，於是不想把自己給他？因為沒有愛，所以不想做愛，會是這樣嗎？

「有很長一段時間我陷入苦思，換男友的速度愈來愈快，女生朋友們都嘲笑我：小貞跟自己的名字完全不像，三個月換一個男友，完全不顧貞操。我聽到也只能尷尬地陪笑，她們不知道，我只是在尋找，尋找能讓我全心全意，無怨無悔地將自己給出去的男人。

「找了許多年，逐漸地，我不敢再戀愛了。我以為自己病了，一種連自己也不知道是什麼的病。三十歲生日的那晚，我與交往的男友一同慶祝生日，如同過去每一次，到了關鍵一刻，我仍渾身如電擊般，不同的是那次他強行想要進到我的身體裡，粗暴野蠻地拉開我的雙腿，想要挺到我的體內，我慌亂地狠踹他的下體，他痛到痛賞我一巴掌，對我怒吼：『妳是神經病啊，妳根本有病！』

「我病了嗎？但世上有不敢做愛的病嗎？這是什麼樣的病？我時刻想著這個問題，想著想著，我便不敢再去愛人了，或者說我不敢再戀愛了。我依然會喜歡某個人，對某個人感到心動，只是戀愛令我惶恐不安。我逐漸深信自己沒有機會遇見願意讓我將自己給出去的男人，全心全意，無怨無悔，將自己給出去。一定是這樣的，我沒有病，我不過是未曾遇到真愛而已。

「真愛，我要尋找的是真愛。

「只是不知不覺間，我已經三十歲了，我仍然找不到真愛。直到三十歲，我依然是處女。十八歲初戀到三十歲，我還是沒能找到能將自己給出去的男人。

「三十歲過後，經常會有人問我，什麼時候要嫁呀？我總會回答，現在不急啦，現在流行晚婚。但父母卻開始著急了，母親時常幫忙安排相親，我最初總是敷衍，三次邀約去一次，不管對方是圓是扁，只是笑笑當作吃一頓免費晚餐。三十二歲那年，父親罹癌，經常出入醫院，獨生女又未嫁的我於是搬回老家住，每週開車送他到醫院做治療。有次陪他去參加他世交女兒的婚禮，新娘踏上紅毯的那一刻，我看到父親偷偷地拭淚。回程路上，我倆沉默著，經過年幼時他經常帶我去的公園時，他突然打破沉默對我說：『妹妹啊，阿爸有一個願望。』我沉默，他又接著說：『我日子不多了，真的很想牽妳走紅毯。』

「那段日子，我經常想起阿霞姐姐。想起爸媽說的『老姑婆的悲哀』。老姑婆的悲哀是什麼？如同我這般嗎？三十二歲仍是處女？我想著阿霞姐姐經常笑著給我吃牛奶糖，甜甜的，但一下就融化了。

「到家時，阿爸問我：『妹妹啊，妳是不是像人家說的……』我沉默，爸爸低著頭支支吾吾地，我於是轉身看著他，看見他眼裡有淚，嘴唇微顫，口中有千言萬語卻無法訴說。兩人這樣對望良久，阿爸淡淡地說：『我只是希望看到妳幸福……』

「那天過後不久，母親再次安排我去相親。那是第一次我仔細地審視相親對象的模樣。他長得老實木訥，個性安靜，戴著一副厚眼鏡，頭髮剃得短短的，像高中男生的髮型，家裡做點小生意，身家清白，父母親傳統得像是道德倫理課本裡的人一樣，如街道上可見的萬千男子。他約莫是因為矮，所以直到近四十歲仍找不到對象。這樣一個男人，一個與愛情小說裡的男主角完全不一樣的男人，與我夢想中完全不同的男人，值得我託付終身？我摸著胸口，靜靜地想著，會否從前的我過度沉浸於美好愛情的幻象中，所以始終無法給出自己，那麼這一次，我自己將美好愛情的幻象打碎吧。

「打碎了，徹底粉碎一切的幻象，碎到無可再碎就能將自己給出去。

「我就這樣點頭同意結婚了。與過去所想像的美好婚禮全然不同，因為父親身體愈發脆弱，時日無多，於是僅僅是草率的、簡陋的，東拼西湊地，幾乎無聲無息地，結婚了。

「父親牽著我的手走在紅毯的那一刻，他痛哭著，我卻一滴眼淚也沒有，我讓自己微笑著，可是我心裡面哭得比誰都悲淒。

「我不敢告訴任何人，這是我的第一次，我好怕，我好怕，我好怕洞房花燭夜。

「無論多麼害怕，那一刻終究要來的。

「婚禮結束到行房之前，我預先吃了兩次止痛藥，想著只要不痛就好了。夜晚在床上，他輕輕地靠近我，我感覺得出他並不是毫無經驗的人，在這世上要比我更無經驗的人應該也不存在吧？當他碰觸我身體時，我緊閉雙眼，如同過去一般，身體的某些部分是喜歡被撫摸的，而有些地方卻如同雷擊。當電流竄過我的身體，我握緊拳頭，咬牙忍住，開始想著其他事，想著與性愛無關的一切，將自己徹底放空，變成木頭。但當他進來的那刻，我依然痛得尖聲大叫，而他也跟著尖叫著，因為我的裡面實在太乾澀，將他給弄痛了，而他卻依然不放棄，隨手拿起床頭櫃的乳液，抹了抹他的，又抹了抹我的，再一次地進來，我依然痛得大哭失聲，他給嚇壞了，於是快速地動作，草草結束了。結束的那刻，見到床上一片紅豔的血跡，他才發現我是處女，像是撿到寶一樣地對我說：『老婆，妳好棒，妳好棒。』我都不知道我棒在哪，我只知道我好痛好痛。

「婚後我總是想盡辦法躲他，但不管怎麼躲，一個星期總還是得有兩次。某次我真的太痛了，比從前更痛，渾身如同被高壓電連續電擊，痛到我不斷痛哭，眼淚流得滿臉，但是我愈哭他卻愈興奮，他似乎以為我的眼淚是一種高潮的表現，於是更加無法停下。我腦海裡突然響起從前聽過的那首歌，王傑的歌，我開始在內心哼著：『那只是一場遊戲一場夢　不要把殘缺的愛留在這裡　在兩個人的世界裡不該有你』。

「後來每次做愛，他放進我的身體時，我便在心裡面哼起王傑的歌，〈一場遊戲一場夢〉。只要唱兩次，頂多三次，這場遊戲就結束了。每一回，我的身體都好痛，但我知道，我可以睡了。

「真的是一場遊戲結束後就有一場夢。

「為了避免丈夫碰我，我開始想各種辦法。我發現他不喜歡胖女人，有次飯後在客廳看電視，他看到綜藝節目上胖女人搔首弄姿的模樣，脫口說：『女人胖了真的不行，怎麼看都不性感，真讓人噁心。』

「我於是努力地將自己吃胖。我從一日三餐變成一日六餐，餐餐都吃高熱量食物。我用盡全力將食物塞到自己身體裡，幾次吃到快要嘔出來，但想著只要變胖就不用做愛，我又用力將食物吞了下去。變胖後，他碰我的次數真的變少許多，但他的脾氣卻也愈顯暴躁，動不動便惡言相向。我們性愛次數愈少，他抱怨我的次數愈多。他不斷說我婚後變了一個樣，變胖變醜了，也不打扮，女人怎麼可以這麼不愛惜自己。我總回說如果你不喜歡就離婚吧。話一出口，冷不防，他便狠狠地一巴掌過來，那是他婚後第一次對我動手。我傻住了，恍惚間聽到他說：『妳想得美，怎麼可能離婚，我爸媽如果知道我離婚一定氣死，我們家沒有離婚這種東西，除非老婆不會生，我看妳胖成這樣我們也不可能生！』

「婚後幾次回娘家，我總會有意無意地對媽媽說：『做那件事情好痛，我不行。』媽媽總是說：『妳只是經驗不夠，多做幾次就習慣了。』我如果反駁是真的不喜歡，她會怒氣沖沖地：『妳怎麼知道自己不喜歡？說不定是老公技術不夠，妳自己也要學啊，而且真的怕痛，忍忍就過了，等妳懷孕就沒事，妳懷孩子他就不敢碰妳。』

「不知道是不是老天保佑，母親那句話如同咒語，一語成讖似地拯救了我。我回家路上去買了驗孕棒，回家一驗發現自己真的懷孕了，我當時甚至一絲懷孕的跡象都沒有。

「懷孕時我熱愛吃酸甜的食物，特別是蜜餞，又甜又酸的蜜餞。正餐總是吐，於是經常不吃飯，整天吃著蜜餞。公婆知道我孕吐得厲害，喜歡吃蜜餞，每天每天地買來家裡。我記得當時有種蜜餞特別好吃，名字是『無花果』。每次吃的時候便想著，這名字真好聽，『無花果』，原來有植物可以不開花就能結果，心想，如果不用做愛也能懷孕該有多好。

「我當時以為懷孕是此生最幸福的時光，事實卻不然。丈夫陪我做產檢，第一個問醫生的問題不是孩子的狀況，更不是懷孕該注意些什麼，而是『這樣我跟她還能做嗎？』，醫生也尷尬地笑了笑說：『是可以啦，注意安全就好。』結果當晚他便急著想要，做的時候不斷說：『老婆，妳好性感，妳好性感，懷孕的女人最性感了。』那刻我才發現他真的是個變態，男人都是變態。

「小孩出生後，我渾身精力都用來照顧孩子，累得一點體力都沒有。每次他想要，我還是得配合，做愛對我而言更像是地獄了。有次真的受不了，用腳踹開他，他暴怒地反踹了我一腳，這一踹就停不了了，如同某個開關被打開了，他不斷地踹我，我像狗一樣在地上又躲又爬，他拎起我，中邪了一樣地猛揍我，邊揍邊踹，厲聲吼著：『妳這個女人是神經病！妳這個女人是神經病！』我想起當年某任男友也對我說的這句話：『妳這個神經病，妳根本有病！』

「我有病嗎？還是這個世界有病？我做錯了什麼？我只是不想做愛而

已，這樣算是一種病嗎？

「後來每次他想要我卻拒絕時，他便會瘋狂地踹我揍我，我渾身是傷，日日以淚洗面。我試圖將自己吃得更胖，希望他碰我的次數更少些，但他每次看到我吃東西，便會一巴掌呼過來，後來無論我做什麼，只要稍惹他不悅，他便會狠狠地揍我。揍我時他總威脅我：『妳敢回娘家告狀試試看，我一定把妳跟孩子一起打死。』

「後來公婆家的生意出了狀況，他開始酗酒，每次喝完酒回家就是對我一頓痛毆。痛毆完又將我壓在地上強行進入我，強暴我時，我總痛苦地對他說：『你出去嫖好嗎？我求你，我求求你放過我。』他滿身酒氣地猛烈進入我的身體，吼叫著：『找妓女要錢，幹妳不用啊！』

「每次做完，我總是傷痕累累地到嬰兒房看孩子。我只能悲哀地想：至少我的痛苦是有代價的，我的痛苦讓我擁有了你。

「這樣的日子過了一年多，我每天都像在數數般一秒一秒地數，時鐘一格一格地前進，我總希望時間過得快一些，但我又怕時間過得太快，一下就天黑了，我最怕的是天黑他喝酒回來，只要他一喝酒，我的地獄就開始了。

「一次深夜，我顧孩子顧到累了，在沙發上睡著，他喝酒回來，脫了我的衣服要進入我，我說我月事來，真的沒辦法跟他做，他拿起桌上的菸灰缸砸向我的頭，我的臉上一道血痕落下，他仍不停手，怒氣沖沖地暴打我，邊打邊說：『我年輕的時候就是被妳們這種女人看不起，妳們嫌我矮，嫌我醜，妳看看妳現在是什麼樣子，又胖又醜，我願意上妳已經算不錯了！』

「那天他真的是瘋了，如同要將一輩子的怒氣都發洩在我身上，我被打到無處可躲，找到地方就躲進去，我躲到孩子的房間裡，孩子早已被我們嚇醒，坐在床上動也不敢動，大聲哭著。我聽到他在門外不停叫囂，接著用力踹門，我抱著小孩，躲在房間角落不敢動。門被踹開了，我看見他走近我，我渾身發抖，用身體護著小孩，他猛踹我的背，我以為自己真的要給踹死時，他卻突然停了下來。過了許久，我以為一切都停止了，轉過身看向門外，發現他拿著熱水瓶走了進來，吼了一聲：『滾水燙死豬！』熱水就這樣潑在我的身上，這一潑把我的背給潑得千瘡百孔，也將我千瘡百孔的婚姻結束了。

「我出院後，母親將我接回家裡，開啟多年漫長的離婚官司。一年多前確定離婚時，我依然沒有解脫的感覺，總會想起他暴打我的時刻，他強行進入我身體的滿身酒氣，還有一個又一個痛苦不堪，痛如雷擊的夜晚。有時候甚至想著，如果他更早一點開始虐打我，在我懷孕的時候就虐打我，將我的孩子也給打掉，將我打死，這樣我的人生是否會好一些？

「有些痛苦也是離婚後才開始的。

「離婚時協議週末要將孩子送回到公婆家住一晚。有次週日晚上，我到公婆家接孩子，孩子因為公婆買了新的電動玩具玩得不想走。我說太晚了，隔天要上課，堅持接走他。他在回程的車上對我發脾氣，一句話也不說。進家門時不斷地踢門板，我罵了他一句。他進家門後對我說：『阿嬤說媽媽是變態，是性無能！媽媽是變態，是性無能！』說完後他躲回房裡。我氣得哭了，不斷地拍他房門說：『阿嬤說！阿嬤說！你知道什麼是性無能嗎？你希望你是變態生的嗎？你說啊，變態怎麼生你？性無能怎麼生你？』

「那個夜晚，我躺在床上輾轉難眠。想起小時候隔壁的阿霞姐姐，想起爸媽說的『老姑婆的悲哀』，我想也許『老姑婆的悲哀』對我而言或許是種幸福，但我已經走不回那樣的自己了。

「婚後我去看了醫生，才知道自己不是病。醫生說這世上有一種人是『無性戀者』。

「我不明白什麼是『無性戀』，我只知道，關於愛，關於感情，關於我的身體，我與許多人一樣都曾身不由己。

「我知道為什麼做愛的時候我會像雷擊，我知道為什麼我的身體那麼乾，那麼害怕被觸碰，無法輕易地接受男生進入我，我知道這不是病，但我已經因為這樣的自己而生了無法治癒的重病。

「夜裡，孩子來敲我的門，如過去一樣，每次犯錯的時候，每次我與他爭吵時，他總在睡前會來敲我的門。他像過去一樣躺在我的身邊對我說：『媽媽，對不起。』我翻過身抱著他，抱著他的時候想著，這樣的我能夠去愛人嗎？像我婆婆說的，我真的是變態嗎？即使我知道自己不是，但我真的不是嗎？

「不能與人做愛的愛，依然是完整的愛嗎？

「離婚後，我對孩子始終感到歉疚，覺得自己對不起他。我知道這樣的想法不正確，但我卻無法不這樣想。我總會想，我這樣無法被愛的女人，我擁有足夠的愛去愛我孩子的嗎？這個曾經因為被丈夫虐打，想著孩子如果就這樣被打掉，我自己也一併被打死就好的女人，這樣的我真的可以去愛我的孩子嗎？

「像我這樣的女人，這樣的我，我真的可以教我的孩子去愛人或被愛嗎？

「可是，我仍記得，我深深知道，我記得自己也曾深愛過某個人，我知道我渴望愛人。愛人不就是將真心給對方嗎？

「愛就是不顧一切地將真心給出去。

「我是想愛人的。我的心，我的心是那麼渴望愛人與被愛，可是我的身體，我的身體卻怎麼樣也沒有辦法接受被另一個人進入，我的身體乾燥得一點水分都沒有，當我愈想愛一個人，我的身體卻像將全部的力量都奉獻給愛了，無法再有多餘的力量滋潤我的肉體，於是當要被進入的那刻，我如同被抽乾了般痛苦。

「這世界難道沒有一種愛是只要有心就夠的嗎？有了心，仍不夠嗎？愛這個字的中間不就是一顆『心』嗎？

「我總是想起阿霞姐姐。想起她給我的牛奶糖。我以為的愛情是這樣嗎？甜甜的，軟軟的，在嘴裡融化。

「我經常想著想著就出了神。如同這個夜晚，想著想著便睡著了。夜半醒來，望著身旁的孩子，看著他的睡容。他如同世上所有的孩子，如同曾經的我，在還未開始懂得被愛與愛人之前，我們都是一樣的。

「我輕輕地抱著他。每次望著他，我便渴望擁抱他。擁抱他使我領悟，原來這世上有一種愛可以與性無關，與慾望無關，只是想要擁抱他，對他好，僅僅如此，愛便完整了。

「這世上會否有一種可能？愛不是愛情，愛不是慾望，愛不需要性來完成，愛只是愛，如同我擁抱我的孩子的瞬間，我想要愛人的心從彼此身上完整了。

「如同無花果，愛即使沒有開花，也能有結果。」

1　王家衛《旺角卡門》。

睡・

在夢境與現實之間，
在真實與虛構之間，
在無數的星河之間，展翅飛翔……

她說：

「因為我深愛每次事情結束之後，他在床上安然沉睡的模樣。

「你看過自己深愛的人熟睡的樣子嗎？如果你曾經看過，你肯定能明白我想說的。

「看自己深愛的人熟睡時的模樣，教我渴望由整體逐步地看至細節。他熟睡的時候，總是側著身軀，抱著枕頭，雙膝緊貼，微微弓起，像是要將自己整副身心託付給懷中那顆枕頭似的。我會順著他的手指一根根地看著，再延伸至他手臂的血管，直至他的肩頸，一路蔓延至他的頭髮，再從髮絲往他的面部，每一次我都仔細地，一寸寸地看他。

「他的頭髮有著柔潤的光澤，染著剛沐浴過的洗髮精的氣息；他的眉毛濃厚，眉尾的部分帶點雜亂，順著眉毛向下，他的眼皮闔著，有時微微地顫動，上睫毛因而反射出更多細微的光；他的鼻梁不算挺，卻有著特別的弧度，像歐美動畫電影裡悠然的小山，我則是一個臨摹景物的素描師，我的目光便是一枝素描筆，試圖勾勒出完整的他，我沿著他的鼻梁畫至他的鼻翼，鼻翼隨著熟睡時的呼吸，緩緩地一開一闔，氣息勻勻，呼出的氣息順著人中漫散到他的唇尖，不知道是否因上唇偏薄，下唇因而顯得厚了些，從前聽人說，唇厚的人特別重感情，性格依賴，這些話不無道理。這一刻，我會讓自己與他共躺在床上，他的身體感受到我的體溫，存在召喚似地，他會放開手中的枕，開始挪動自己的身軀，逐步地靠近我，將我當成一顆枕，緊緊貼抱著。他身上的溫度與氣味，透過擁抱擴散到我的身上。我能感受到他的心跳聲，一搏一搏，撲通撲通地敲打著我的心，漸漸地，我們的心跳節拍相合了，擁有了共同的頻率，血液流動的速度也由此相連，眠睡的幸福舒展開來，籠罩著床上的我們，無窮無盡地浸潤著彼此全身的細胞。我們似乎於遠古之前，地球剛孕育不久時，已經共生在某片溫暖的海洋裡，或許那並不是海，而是大地之母的子宮，我與他共享同一片羊水的懷抱，擁有同一顆心臟，吸收同樣的養分，血溶於水，我們是一體的。我們早在相遇之前，已經因為這個懷抱，因為這一場近乎永恆的睡眠，相知相惜，相濡以沫。

「睡眠是一場儀式，存在呼喚與應答，是我與他的相遇相愛的驗證。

「外在的世界安靜著，我們則在睡眠的擁抱裡，因彼此的心跳而合奏出極致的交響樂，樂音環繞著我與他，如夢似幻。於夢裡，我們生出了翅膀，飛翔在滿是樂音的星空，曾有幾個瞬間，以為我們已飛到夢的盡處，卻在觸碰到夢的邊界時，又望見另一條星河。無邊無際，我們跨過了一道接連一道的夢的界線，不存在盡頭似的，於現實與夢境之間翱翔，於夢境的深處凝望彼此。

「因為他的存在，他的睡眠，我得以跨越現實與夢境，橫越真實與虛構，於此間感受輕盈與美好，我渴求自己能永遠沉睡下去，永遠永遠不要醒來。

「愛一個人就是如此吧？因為他，我能跨出現實與夢境，橫越真實與虛構，只覺得一身的輕盈美好，想永遠永遠地與之相伴，永遠永遠不要醒來。

「每當有人問我，因為什麼原因而深愛他時，我總是回答：『因為他睡著時的模樣。』

「我是因為他睡著時的模樣而愛上他的，我該如何不愛上這樣的他？

「每次與朋友們談起這件事時，朋友都會笑我：『男人睡著的樣子有什麼好看的？打呼、磨牙、流口水，身體胡亂伸展或者縮著，整個晚上翻來翻去，有的還睡到披頭散髮、滿面油光，醒來還有眼屎卡在眼角，怎麼會好看呢？』

「她們一定不會明白。每個人睡著時的樣子都不盡相同，即使如她們所說的，睡著的模樣有諸多值得嫌惡的地方，但只要你曾仔細地看過心愛的人熟睡的樣子，你一定能懂得我想說的。她們肯定不曾如我這般，仔細地，用盡全副的目光與心思，一寸寸地看過自己心愛的人睡著的樣子，若她們曾經有過，勢必能理解我所說的。

「我也曾如此反駁她們，而她們卻說：『那妳不是因為他睡著的樣子而愛上他，妳是因為先愛上他，所以才愛上他睡著的樣子。』

「真是如此嗎？我想起盤古開天闢地，女媧造人，又想起《聖經》裡的亞當與夏娃，女人是男人身上的一根肋骨。但究竟是先有天地才有人，還是有了人，天地的存在才有了意義？女人是男人身上的一根肋骨嗎？哲學般的問題，雞生蛋蛋生雞的因果困境，為什麼每個人總喜歡將愛轉化成哲學？這不容許我思考，我亦不用思考，愛只是愛而已。我喜歡坦誠地接納，深切地明白，愛就是愛，我愛他，我愛著熟睡時的他。

「我愛他熟睡時的模樣。

「為了能讓他安然地沉睡，我願意完成他任何的需求。

「忘了是第幾次了，但若你問我，我能告訴你的或許是第一次。第一次總是教人印象深刻。

「那是冬天來的第一個週末，還記得那年冬天特別地冷，特別適合擁抱自己深愛的人入睡。我與他早已物色好對象，房間都布置好了，花朵圖案的壁紙，純木製的家具，一張加大的雙人床，淡粉色的床單與棉被，連窗簾也都換成了淡粉色。從前的我相當厭恨粉色，從未曾買過粉色的物品，但他告訴我：『她們多半都是喜歡粉色的，把房間布置成粉色能讓我感覺與她們更接近，我的心可以冷靜下來。』

「當他將女孩帶回家時，我已經備妥了一桌的甜點。女孩坐在沙發裡，吃著草莓蛋糕，玩著他在路上買給她的玩具。他哄著她，像是一個父親哄著女兒，眼神裡充滿著慈愛的光。女孩回望他，眼眸靈動有朝氣，飽含著力量。力量，他說他缺乏力量，如果沒有力量，他就沒辦法入睡，筋疲力盡地睡去是無法去到夢境的另一端的，唯有帶著力量的睡眠，才能讓他領著我到達我們想去的地方。

「女孩喝完果汁後深深地睡去了。他將女孩抱起，走進浴室，褪去她身上的衣物，用玫瑰氣味的洗髮乳幫女孩清洗髮絲，用牛奶味的肥皂幫女孩清洗身體，洗淨後再以溫熱過的毛巾擦拭，以吹風機吹乾女孩的頭髮，以棉花棒清理女孩的眼睫、耳朵與鼻孔，為女孩剪去過長的指甲，於女孩每一寸的肌膚都抹上蜂蜜氣味的乳液。

「他看著女孩赤裸的身軀，一寸寸地檢視著，生怕遺漏任何一個細節。他說：『要乾淨，徹徹底底的乾淨，這樣才能產生純粹的力量。我們需要徹底的，乾淨的，純粹的力量。』

「他以雙手捧抱女孩的身軀，如同捧著聖骨，走向粉紅色的房間，將女孩輕放於床上。他用雙手的指尖撫觸女孩的身軀，親吻女孩身上的每一寸肌膚，從四肢到胸脯，由腹部到大腿，直至女孩的雙腿間。他展開女孩的雙腿，接著雙膝跪地，微仰著頭，如同聖徒仰望聖母，渴求聖母的垂憐。他目光炯炯，如有星火，火光只有一瞬，隨即覆滅，迎來的是薄如蟬翼的，溫柔的水霧。他凝望著女孩如聖母的內裡，發出極輕極淺的哽咽聲，女人附生於男人體內的肋骨正在騷動他的五臟六腑，兩者本是一體，此刻相遇令他們渴求交融。他的胸口劇烈起伏著，呼吸開始急促起來，如同原始動物的喘息。於他的喘息聲中，我想念起與他共眠時所聽見的交響樂，何時樂音才能再次響起？跨越現實與夢境，橫越真實與虛構，讓我能輕盈地飛翔，飛離此處的交響樂。

「當我陷入懷想時，看見他雙手環著女孩的脖頸，掐著她的喉嚨，手指幾乎要貫穿她的頸骨。他目露兇光，整個床震動著，我看見魔鬼的火焰籠罩著他們，他的身體扭曲變形，生出一根根惡鬼的牙，刺穿他的皮膚，刺入女孩的身體，兩人緊緊纏鬥，唾液、眼淚與血液相融且茁長，生出花苞，如曇花只有一夜，時辰已至，欲將綻放。不久，床上開出一朵巨大的，豔紅的，烈焰般的花，整個房間暗了下來，如同末日將至，萬物怒吼，諸神焚燒，世界已成煉獄。煉獄裡，我聽見他的喘息聲，哼哧哼哧，一次比一次劇烈，直到零時零分，鐘聲響起，如有雷擊落在他的天靈，他突然暴吼著：『乾淨的力量，徹底的，乾淨的，純粹的，力量！』

「結束了。一切都安靜了下來。

「我連忙將他扶起，他渾身無力地癱坐在地上，我緊緊地擁著他，輕撫他的髮，擦拭他的汗水與眼淚。他的身體貼著我，手探進我的衣內，用力地撫摸我的乳，接著舔舐起來，於我的懷中嚶嚶啜泣，如同渴求愛的孩子。我的孩子，在千萬年前，我們早已相知相惜，相濡以沫。

「我轉頭望著床上的女孩。女孩仰躺著，如槁木死灰，失去了初始的朝氣。

「為何我內心莫名地湧出難以承受的悲傷？我的心好痛好痛，痛得幾乎將我給撕裂開來。

「我想起年幼時，母親培植了整個陽台的盆栽，某年暑假，我天天看著陽台上的花。夏日的花與春天的花不同，她們的色彩更為飽和鮮豔，氣味更為濃郁刺鼻，姿態不是柔潤嬌媚的，而是張牙舞爪，盡全力彰顯自己的美，唯有如此，才能力抗炎夏的熾熱。女孩躺在床上時，是否更像夏日的花？她以純真做為誘引，透過花核傳送灼人的夏日氣味，張牙舞爪地撩動他的慾望，令他無法抗拒，不得不進入她？

「一次颱風過後，陽台上的花歷經風雨的摧殘，顯得頹喪且骯髒。

「果真如此。絕對是這樣的，無論如何純淨，她們終究難以逃離被玷污的一日。無論色彩多麼飽和鮮豔，哪怕是染上一點點的污穢，都必然顯得骯髒破敗。愈是純淨的花朵，染上污穢後，愈發顯得骯髒。髒骯的花不值得存活，而女孩如夏花，花開與花滅，不過是一瞬之間。

「她的存在不過是為了給我們純淨的力量。

「一定是這樣的，對吧？你也這麼認為的吧？所以我不應該為此感到悲傷，女孩不過是完成她的使命。如同我的使命，我的存在是為了讓他得到力量，讓他能安然地入睡，讓我們能在睡眠裡回到最初，回到母親的子宮裡，徜徉於羊水的懷抱，並在其中緊緊相擁。

「他的啜泣聲逐漸變得和緩了，整個人沉靜著，心跳恢復往常的頻率，甚至更慢了些。我身上每個細胞皆全然地開展著，接受他傳來的資訊，他告訴我，他累了，他終於累了，這陣子他總是睡得不好，夜夜輾轉難眠，有時早晨醒來，他雙眼滿布血絲，精神委靡，了無生氣，枯槁敗壞。而我深受他的感染，我也渾身疲憊，無法專注地做任何的事情。我們如同共生的一體，因為無眠，致使我們失去生存的力量。一次晚餐，他望著我，目光炯炯地說：『我需要力量。』我回望他，以眼神告訴他：『我明白。』

「於是我們找到了這朵能帶給我們力量的花。

「我將他扶回房間，用熱毛巾拭淨他的身體，為他換上一身乾淨潔白的睡衣，領著他躺回床上，於他的耳畔說：『睡吧，你累了。』他側過身，抱著床上的枕頭，雙腿弓起，完成預備入睡的動作。我看著他，內心澎湃得難以言喻，終於來了，他終於能安然地睡眠，我又能再次仔細地欣賞他入睡時的模樣。

「等到他入睡後，我開始一寸寸地看著他，再一次，我又能再一次像欣賞極致藝術品般地看著他熟睡的模樣。我內心激動難平，幾欲落淚，但我必須壓抑內在的怦然，我不能驚擾他，不能驚動他的睡眠。我反覆深呼吸，以手輕撫自己的胸口，目光仍無法離開他的睡容。好美，真的好美，我感到無比的安心與慶幸，終於，他終於能安然地入睡了。

「我躺到他身旁的位置，輕輕地靠近他，移開他擁抱著的枕頭，小心翼翼，生怕打擾了他。他抱著我，我嗅聞他身上的氣息，感受他的體溫，我的眼皮逐漸沉重，睡意襲來，我們再次一同於夢裡飛翔著。

「好美，真的好美，原來只要讓他得到乾淨的力量，我們就能在夢裡一同飛翔。

「翌日醒來，他仍熟睡著，我起身走近窗旁，望著窗外的朝陽，讓陽光沐浴著我，暖意流過我的全身。當我仍沉浸在日光的洗禮時，驀地，他從身後環抱著我，以鼻息輕觸我的脖頸，嗅聞我身上乾淨清爽的氣味，世界如此寧靜祥和。他與我耳鬢廝磨，並於我的耳畔低語著：『我愛妳。』

「晨光裡，日照洗淨我們。我們挨過煉獄之火，如今已淨化重生，成為一個乾淨的，全新的人。

「這一刻，我在心裡發誓，無論如何，我都要讓他能安然地入睡。

「於是警方到家裡來的時候，我並不感到害怕，我深深明白自己罪孽深重，但我別無他法，我毫無選擇，只因除了他無法入睡外，這世上已經沒有任何事情能讓我感到害怕。

「為了讓他入睡，我願意擔負一切的罪業，願意為此奉獻自己的生命，即使我明白一命無法償一命，但我所擁有的，我僅存的，亦只有這些了。

「因此，無論警察與記者如何質問我為何如此，我的答案都是一致而誠實的。

「『因為我深愛每次事情結束之後，他在床上安然沉睡的模樣。』

「他們不會明白的。他們一定從未看過自己深愛的人熟睡時的樣子，若是看過，他們肯定懂得我所想說的。

「你看過你深愛的人熟睡的樣子嗎？如果你也曾看過，你一定會懂的。於是無論你問我多少次，為什麼要傷害這麼多女孩，我的答案都是相同的。我並不是刻意要傷害她們，我只是協助她們完成自己的使命，她們的使命是讓他得到乾淨的力量，我甚至讓女孩的存在意義被提升了，她們可以陪伴我們，一起在夢裡飛翔。

「在夢境與現實之間，在真實與虛構之間，在無數的星河之間，展翅飛翔。

「你可以厭恨我，但請相信我，你一定不曾如我們所擁有過這樣的飛翔。安然地，幸福地，在深深的睡眠裡，緊緊地擁抱，無盡地翱翔。」

醒・

我讓自己墜下去，
感覺自己展翅飛翔，飛向宇宙的遠處，
我要跨越千年萬年，我要離開這裡。

她說：

「回家時，寶寶已經睡了。送走了臨時保姆，原以為能在沙發上稍作歇息，但剛躺下沒多久，寶寶又哭了起來。

「你聽過小孩的哭聲嗎？從前的我總認為小孩的哭聲是輕輕柔柔的，暖暖如光環般閃耀，他們是為了與父母撒嬌，表達愛意，或是因為肚子餓了、身體不適、尿布沾濕等等，只要抱起孩子，滿足他們的需要，為他們解決這些不適，他們便會停止哭泣。有了孩子後，我才發現，許多時候，孩子哭泣並沒有特別的原因，雖然醫學專家們肯定不認同我的看法，但這是我真真切切的感受。他們總在不特定的時候，無端地哭起來，無論你怎麼哄，如何安撫他們，如何想方設法處理他們可能的不適，他仍然不斷地哭泣，像是從來沒有人能理解他們的痛苦般地求索你的注意，讓你從驚慌失措到筋疲力盡，最終你只能選擇放棄，因為你別無他法，你像是個無用且失敗的母親，你沒辦法照顧自己的孩子，你讓他無止盡地哭，他的哭泣彷彿在控訴你的不適任，你的內在會因為那迫人的哭泣而崩塌，你只能渾身癱軟地擁抱著他，全盤接受自己的無能為力。

「孩子的哭聲深具穿透性，不僅能穿透人的耳膜，當他裂聲哭泣時，如同一支利箭射進你的胸口，刺穿你的心臟，箭上布滿劇毒，毒物隨著哭泣的時間，蔓延至你身上每一寸皮膚，每一個毛孔與細胞，時間若再久一些，它便會往外擴展，鯨吞蠶食，穿透至屋子的每一個角落，連牆上的孔洞與家具的毛細都會被他的哭聲填滿，如同雨季的空氣，將整個房子浸潤於濕氣裡，變得陰暗沉重，而你只能呆坐在屋裡，雲迷霧鎖緊擁著你，你毫無作為，只因你無法讓雨停下來。

「我始終無法讓孩子的哭泣停下來。

「我抱起寶寶，輕輕地搖晃他的身軀，想著保姆離開前才剛餵過他，尿布是乾的，撫摸他的額頭，體溫也是正常的。我開始無限地懼怕起來，我害怕他又一次無止盡地哭泣，將整個屋子浸潤在濕氣裡，今天的我已疲憊不堪，無法再承受多一分的壓力，幸好這次的他是溫柔的，他彷彿聽見我內心的吶喊，我將他抱在懷中輕哄不久，他便漸漸找回了睡意，沉沉地睡去，安靜了下來。

「我小心翼翼地將他擱回床上，生怕驚擾他。我看著他的面容，想起別人總說小孩是天使，天真無邪，純潔無瑕，然而，照養過孩子的父母真的如此認為嗎？他們是否曾有過一個瞬間，從天使的錯影中看見，看見祂也可能是魔鬼的化身？我雙眼凝視著他，他沉靜地睡著，勻勻地呼吸，方才暴烈的哭鬧彷彿只是一場夢境。他的眉毛極濃，不似幾個月大的孩子，鼻尖，唇薄，輪廓略圓，潔白清秀，看著這張面容，我的心又再一次恐懼了起來，身體如被電擊，泛起一陣痛麻，幾乎站不住，靠著床旁的沙發坐了下來。

「我緊緊閉上眼睛，但無論怎麼緊閉雙眼，眼前仍有一張面容逼著我去看見。那張面容多麼神似我的孩子。

「依然記得第一次見到那張面容。研究所畢業前的某個早晨，我仔細地打理妝容，穿上剛買的名牌套裝與高跟鞋，無數次地打量鏡中的自己，生怕有一點瑕疵。那是我第一次的職場面試，如同過去每一次重要的考試，我不允許自己有任何一點的疏失。我自小家教甚嚴，我不曾被允許擁有任何一種可能的失敗。為了避免失敗，我反覆練習著，注意口條節奏，羅列可能被問及的題目，戰戰兢兢，周全地準備著，直至最後一刻，我仍在心裡反覆演練著，然而，當我真的踏進面試會場，預備開始這場演出時，竟然不自主地打了一個噴嚏，這原不是什麼嚴重的事，我卻因此亂了陣腳，將原本練習上百次的內容說得凌亂不堪，為此而尷尬窘迫得不能自已時，卻聽到主試官輕聲地說：『沒事，妳慢慢來。』

「他的聲音極低極輕，柔柔地安撫了我。我定睛望著他，他微微地笑著，我永遠記得他的面容，眉毛極濃，鼻尖，唇薄，輪廓略圓，潔白清秀。我呆愣了一秒，隨即回過神，穩住紊亂的心緒。他勢必已見過無數次此般的景況，安慰過無數位慌亂的面試者，他方才的那句話也許未隱含任何特別的意圖，即便如此，於我而言卻充滿了意義，我的身心因他獲得了安定。

「後來他成了我的直屬上司。

「他在公司裡是傳奇人物，容貌俊秀，完美的學經歷，工作能力極強，待人和善，舉止得宜，風趣幽默，於人群中，你第一眼便能看見他。所有的女同事都悄悄戀慕著他，他心底也是明白的，於是能巧妙地拿捏著曖昧不明的狀態，借力使力，令所有人都為他所用。這是種天賦，有些人生來便擁有這般的本能，近乎原始獸性，看似僅於男女之間的魅惑，卻又踏踏實實地落於生活裡，當被用於人際關係時，你無法界定合理或踰矩。當你遇見他，你便著了魔，不自主地深陷其中，而他比誰都清楚這種魔力，甚至日復一日，反覆地精進著這樣的本能，教眾人總能心甘情願地陷入謎樣且無法解釋的，賀爾蒙的操弄裡。

「在公司裡總能見到想獲得他注目的人，費盡心思地使出各式手法，打扮豔麗、阿諛諂媚、吹捧討好、賣力進取……然而，她們並不明白，要真正吸引野獸的注意，唯一的方法便是擁有與他相同的頻率，這件事情從他第一眼見到你時便已注定了。

「如同她們並不明白，每天我下班後總到公司附近的餐廳用餐，心不在焉地讀書，只為了消耗著時間。直至近夜時分又走回公司，那時，整個辦公室早已空蕩，唯有一個房間依然燈火通明，他仍在，我知道他在等。當打開他辦公室的門，撲面迎來滿室的咖啡香氣，咖啡的氣味總讓我想起他第一次邀請我踏入這個房間。

「第一次是個深夜，我忙著新企劃案，累得在桌上睡著了。記得他輕拍我的肩膀，給了我一抹微笑，領我進到他的辦公室裡，如同童話精靈的召喚與引路，在森林裡，我隨著他的腳步，走到林中深處。世界悄然無聲，我只聽見他說：『喝咖啡嗎？』

「接著他展演了一場沖泡咖啡的儀式，如祭司於聖壇上引領聖徒，光一般照耀了我的臉，淨化我一身的疲憊。我看著他研磨咖啡豆的手，他的手指美得不可方物，修長精緻，如畫如詩。他燒開一壺熱水，沖洗濾紙，倒入磨細的咖啡粉，注入第一次的熱水，乾燥的咖啡粉遇水膨脹，如一顆卑微枯槁的心因血液突如其來的奔騰而持續擴張。他微笑：『這是悶蒸。』話語未落，咖啡的氣味伴著熱氣蒸騰而上，漫布於空氣裡，我為此變得更為柔軟鬆懈。他持續動作著，預熱著咖啡杯，他的撫觸著杯身的手指，如同撫觸一個純淨潔白的女人。第二次的注水，動作緩慢而穩定，熱水於咖啡粉的中心畫著圓，咖啡粉因而伏動著，已分不清是因水流產生的迫動，或者水流是他手指的延伸，他的手指沿著水流挑動著溽濕的咖啡粉，引來另一次的奔騰。

「他說：『我從來不說煮咖啡或沖咖啡，咖啡是萃取的，好喝的咖啡仰賴的是適當的時間。』他望著我，目光如星，從宇宙的遠處跨越千年萬年而來。

「那一刻，我已意識模糊，幾乎聽不見他的聲音，只聽見咖啡汁液滴滴答答的響聲。滴答滴答，滴答滴答，純淨的水變成如濃血的淡褐。咖啡遇見牛奶，湯匙於杯中畫圓，天地旋轉，如同有人擁著我旋轉，讓我發暈。水流滴答滴答。時鐘滴答滴答。空氣滴答滴答。我的心滴答滴答。

「滴答滴答。

「後來每個月總有幾次深夜時分，我與他在這明亮的房間裡相遇，湯匙於杯中畫圓，天地旋轉，水流、時間、空氣與心跳，滴答滴答地交織成我心底昂揚的樂音。

「唯一讓我納悶的事情是，最終我總在沙發上醒來。醒來，但我不曾記得自己沉睡過，醒來前的記憶總停留在空的杯底，我聽他說著話，望著杯底的殘餘的咖啡液，一切既白又亮，瞬間又暗了下去。醒來時，他總微笑：『妳剛剛睡著了。』聲音如第一次時，極低極輕，看似柔柔地安撫著我，我渾身疲憊，頭昏腦脹，背脊總感到微涼，如有數根極細的冰針埋在神經裡，冷冷地刺著我。

「直到我發現冷的原因時已太遲太遲。

「那陣子身體總是熱，焦躁不安，食慾不振，月事遲了許久，與朋友說起這件事時，她們笑鬧著：『該不會懷孕了？』我心底有怒卻不敢多言，我知道自己從未有過性事，但仍鼓起勇氣買了驗孕。仍記得那晚，我在浴廁裡呆坐著許久，望著那兩條線，想起他煮咖啡的手指，想起咖啡粉膨脹的瞬間，天旋地轉，耳畔響起滴答滴答。滴答滴答，想起自己總是在沙發上醒來，想起他說：『妳剛剛睡著了。』

「我不曾記得自己睡著了。

「我質問他時，他仍一如既往，聲音極低極輕，柔柔地：『妳不是喜歡我嗎？』那一刻，背脊上的冰針從神經裡竄出，竄入血液裡，根根流刺進我的心臟。

「我找過無數方法拯救自己，而那些人卻對我說：『你們這樣算是兩情相悅。』『你們的通訊紀錄看來像是戀愛。』『妳不是應該考慮跟他談結婚嗎？』『情侶爭執要溝通，不是告人性侵妳。』『妳本來就有吃安眠藥。』『以他的條件看起來不像是需要迷姦妳。』『我看妳應該是投懷送抱吧……』『妳可以把孩子拿掉啊』『妳怎麼不想想自己做了什麼』『這件事情妳也有錯啊……』『妳……』『妳……』

「我也曾在夢裡流著眼淚吶喊：『我喜歡他不表示他可以這樣對待我』『我真的是被他迷姦的』『為什麼你們不指責他卻要我拿掉孩子？』『我沒有做錯什麼』『不是我的錯，不是我的錯』『我沒有……』『我……』『我……』

「我疲憊得啞口無言，被迫選擇保持沉默。我沒想過不僅是背脊上的冰針刺著我，世上的言語更是毫不留情地對我萬箭穿心。

「寶寶又哭了。

「我聽見寶寶的哭聲，睜開雙眼，寶寶厲聲地哭著，我連忙起身抱他，發現自己剛剛在沙發上睡著了。

「我立刻沖泡牛奶餵他，他哭著；想是因為脹氣，於是輕撫他的腹部，他仍哭著；幫他換了尿布與乾淨的衣物，他依舊哭著；怕是天氣悶熱，我打開了冷氣，輕輕晃著他的身體安慰他，他仍不止地哭著。我最害怕的時刻來了，他無端地哭泣，無論如何安撫，如何想方設法處理他可能的不適，他只會不斷地哭泣，每隔一陣子總會有這樣的時刻。我想著上一次是怎麼度過這樣的時刻，可無論我怎麼回想，我終究無法憶起。或許，我從未度過這樣的時刻，他從未停止哭泣，我不過是將難熬的時刻打得平扁狹長，將上一次無盡的哭泣延伸到下一次，一次次地打造出一道極窄極深的隙縫，我與他共同生活於隙縫裡，為了避免被外人聽見無止的哭聲，我試圖將我們藏進隙縫，只是我藏不住這一切，他想逃出去時便會更為放肆地哭泣。

「我在隙縫裡呆坐，望向窗外，屋外已一片深黑。我在窗影裡看見自己，雙眼圓睜，空洞無神，面容枯槁，毫無血色，如同死了許久。鏡裡的我莫名顯得細長，如同真的坐在隙縫裡。我稍微挪動身體，身軀又恢復原本的模樣。我抱著寶寶起身走向窗戶，想更近一點看看自己。我緩步靠近窗，走到窗前又不自覺地打開窗，跨步走上陽台，望見一片漆黑的夜，聞到樓下傳來咖啡的香氣。

「咖啡。我想起他的手指，修長細緻。他微笑說：『悶蒸。』他微笑說：『咖啡是萃取的。』咖啡的氣味愈來愈濃，我接過咖啡，倒入牛奶，以湯匙攪弄，天旋地轉。

「我走近陽台的邊緣，想起他說話時的眼睛，目光如星，從宇宙的遠處跨越千年萬年而來。我看著懷中的寶寶，眉毛極濃，鼻尖，唇薄，輪廓略圓，潔白清秀，然而，他依然哭著，目光如星，哭聲從宇宙的遠處跨越千年萬年而來。我轉身看向窗，窗影裡，我與他在窄而緊的隙縫中變得極細，坐困愁城，動彈不得。

「我心底想著，我好想脫離這裡，他又一次厲聲哭著，幾乎貫穿我的耳膜，他的哭聲似乎控訴著我，他對我大吼著，他也好想脫離這裡。

「我踏上陽台邊的矮凳，看著窗裡面的自己，我與他又恢復成原本的模樣。咖啡的香氣誘引著我，我望著樓底，黑暗中亮著微光，如一顆星在地面閃爍著。我傾身向前，讓身子稍稍離開欄杆，光的閃爍暖著我，我讓自己墜下去，感覺自己展翅飛翔，飛向宇宙的遠處，我要跨越千年萬年，我要離開這裡。

「寶寶又哭了。

「我睜開雙眼。這次，我應該是真的醒了。」

不・滅

如果記憶可以是種幸福，
是因為人知道一輩子只要記得某一個人，
此生就已無憾了。

她說：

「父親過世後，母親收到一份禮物。那份禮物是父親從前的學生寄來的，是他在大學任教時，學生錄下來的音檔，被存在一張張的光碟裡面。我們將光碟裡的檔案上傳到雲端，又複製備份起來，生怕這些檔案一不小心就遺失了。我母親珍重地把光碟放在防潮箱裡。

「我將這些音檔轉存到我母親的手機，每天早上醒來，她依然會像從前一樣做兩人份的早餐，一份放在我父親從前坐的位子，一份放在她自己的位子。她先吃掉自己那份，然後坐在客廳的沙發上，戴著耳機，一遍遍地聽著那些音檔。有幾次，我回家看到她，她的身旁的空氣都像凝結了，整個屋子靜悄悄的，一點聲音都沒有，而她的臉上露著幸福的笑容。

「我父親是教化學的，但他很少在家談到學校裡的事。我母親聽著父親從前幫學生上課的聲音，那是她未知的我父親的某一面，然而聲音卻是她熟悉的。

「直到中午，我母親會坐回餐桌，將放在我父親位子前的早餐挪到自己的位子上，開始吃起來。吃的時候，她會默默地掉眼淚。

「我母親後來受阿茲海默症所苦，漸漸不記得我們了，而且個性丕變，經常發脾氣，動怒打人或摔東西，但只要給她聽那些錄音檔，她聽見我父親的聲音時便會安靜下來，側著耳朵仔細地聽，然後說：『這個聲音我記得，

我記得，我記得……』

「我母親是去年父親節的那天過世的。我總想著是父親來帶她離開的，就像錄音檔裡面那些我父親上課的內容，那些我永遠無法理解的化學式子，這世界一定有我無法理解卻必然存在的幸福。

「像我父親從前常說的『物質不滅』，你以為消失的東西，只是用另一個方法存在。因為我母親，我深信記憶對人既是煎熬，也是解藥。她苦於無法記得我們，但記得我父親這件事情卻救贖了逐漸失去記憶的她。

「如果記憶可以是種幸福，是因為人知道一輩子只要記得某一個人，此生就已無憾了。

「我知道她想記得的是我父親，即使記憶對她而言愈來愈困難，我知道的，」她哽咽：「我知道的，物質不滅，記憶不滅，我父親在這世界消失了，卻在我母親心裡永遠存在，即使是人生最後的那段日子，我母親依然很想念很想念我父親。」

晚・安

每個人的生命是否都有過類似這樣的時刻，
唯有自己內心裡最深切的冀盼被實現的那一刻，
人才能看見全世界的光都凝聚起來，
凝聚你的眼前，凝聚在你的周身，
而時間彷彿為了這一刻而靜止了一般。

她說：

「這幾年智慧型手機盛行之後，我便很少聽見家用電話鈴聲響起的聲音。我其實非常期待聽見電話鈴聲響起的聲音，因為電話鈴聲總能讓我想起我的父母。

「我父母是大學將畢業的那年相戀的。

「兩人畢業時一同考上了研究所，父親同時又考上預官，決定先入伍服役。那時服役是很艱苦的，即使是預官也有做不完的事，擁有的私人時間不多，休假日也少，兩人藉著書信連繫。父親喜歡讀詩，總在信末抄寫一首短詩，母親有時會談起父親當時抄寫的短詩內容，父親聽了總是靜默不語，臉上似有一抹羞怯，若是在家裡，他一定會立刻躲回書房。

「父親退伍後不久，決定出國留學，也考取了獎學金。當時出國讀書是件大事，兩方的家人來來回回商議著。有人說：『怎麼不留在台灣？』有人說：『不如讓兩人一同出去吧？』也有人說：『先結婚再出國吧？』

「兩人最終決定，母親留在台灣，父親則單獨出國求學，等學成歸國後再結婚。當時外公外婆對這個決定相當不悅，覺得女兒單獨一個人在台灣，若是男方學成卻不歸國，對女兒太沒保障了，而我母親卻一點也不害怕。每次聽到這段故事，我總會問母親：『為什麼都不害怕呢？』母親則會笑著說：

『因為我與妳父親有一個約定。』

「母親說，父親赴美讀書後，每日下班後，她總是哪兒也不去，回家用完晚餐後便靜靜地坐在客廳裡。約莫九點鐘左右，家用電話便會響起，母親便會默默數著：『一、二、三。』鈴聲戛然而止，驀地又突然響起，母親又默默地數著：『一、二。』

「母親說這是她與父親之間的約定。他們如過往一般依靠著書信連繫，然而，越洋信件的寄送曠日廢時，於是他們約定，每日紐約時間的早晨八點，台北時間的夜晚九點，父親從紐約撥電話來，因為接通電話後的費用昂貴[1]，他們約好，母親不接起電話，只靜靜聽著鈴響的聲音。電話的第一通響三聲代表『晚』，第二通響兩聲代表『安』。

「每日每日，電話鈴聲總是準時地響起，一通通的電話由遙遠的一端發送至另一端，跨越時間與空間，跨過白晝與夜晚，沒有任何字句，僅僅只是聲音，清脆而明亮地響著，而這聲音在我母親的心裡則像寧夏夜裡的小河，清涼且溫柔地訴說著一句句的『晚安』，一日一日，連綿不輟，織成一首長詩。

「這一首長詩織了五年多的日子，父親終於學成歸國，兩人結了婚。婚後，父親白天於大學任教，夜晚則忙於研究工作，他做事總是認真，經常忙到忘了時間。當時我們家有三個孩子，晚飯後總在客廳寫作業，母親則坐在電話旁靜靜讀著小說，然而我與兩個哥哥都知道，母親在等電話。

「有時我們三個孩子功課都做完了，三個人一同盯著牆上的時鐘發呆，期待指針落在九點的那一刻，那一刻電話聲便會響起。聽見電話鈴聲時，母親會立刻坐直身子，貌似鎮定地緩緩執起話筒，叨叨地說著：『很晚了，快回來吧。』掛上電話後，母親便趕著我們三個孩子回房，而她又回到客廳裡繼續等著。偶有幾次，我假裝入睡，耳朵則豎起，仔細地等著，當聽見家門開啟的聲音時，便偷偷打開房門往客廳窺看。

「父親進門後，母親總會先到廚房煮一碗熱騰騰的麵，他們兩人就著飯廳裡昏黃的燈光對坐，像怕吵醒我們似的，母親低聲說著一日裡發生的事，父親生性話少，總靜靜地聽。

「我心裡關於家的模樣即是如此，而我深信這樣的日子能夠恆常不變，安然獨立，不受任何事物的干擾。即使後來我結了婚，搬離了老家，每每想起『家』時，腦海首先浮出的不是畫面，而是『聲音』，每日夜晚九點便會響起的電話鈴聲，鈴聲響起後便浮現母親坐在電話旁的模樣，她接起電話後再過一會，家門即會開啟，父親走進屋裡，母親到廚房煮一碗麵，兩人在飯廳裡靜靜地對坐，一句句低聲地說著話。這樣的畫面如同永久放映的電影，於是我從未意料到它卻有無法再重映的一天。

「某日夜晚，母親打來電話說父親還未返家，我轉身望著牆上的鐘，發現已過十點半了，便問道：『爸爸打過電話嗎？』母親說：『有。』我回著：『那再等等吧？』而我其實心裡也焦急萬分，三十多年的日子，父親從不遲到，我心裡按捺不住，連忙趕回老家。

「那夜，家裡電話鈴聲再次響起，卻不是父親打來的。警局打來電話通知父親出了車禍，從那天起，家裡的電話鈴聲便不再準時響起了。

「父親過世後，除了葬禮的那天，我沒再見過母親落淚。她變得比從前安靜了許多，她的世界像是給人抽空了似的。

「偶有幾次回到老家，總見到她如同過往般靜靜地坐在電話旁，於是問她：『還好嗎？』而她總會說：『沒事，沒事。』

「我知道她在等。

「幾年前，母親被診斷罹患阿茲海默症，擔心她一個人獨居，我與哥哥們輪流回老家照顧她。有幾次睡到半夜，聽見客廳裡有聲響，打開房門見到母親坐在客廳裡，於是問她：『怎麼了？』

「『我在等電話。』母親說。

「『等電話？』

「『是啊。』

「『這麼晚等電話，不會累？』

「『不累，能夠等是幸福的，』她突然頓了頓，接著又說：『怎麼會晚呢？還沒九點呢。』

「我望了望牆上的鐘，已經凌晨三點了，可我不忍心說破，於是靜靜地坐在她的身旁陪著她。

「生病後，平時的她話少而且易怒，唯有這個時刻，她變得話多而且溫柔。她像是忘記父親已經離開了，她會談起父親從前抄給她的短詩，談她的一日的生活，然而她所說的一日已不是當時的一日，而是從前的某一日。她經常說完一段話後便趕忙問著：『現在幾點了？快九點了吧？』直至臨近破曉，窗外透進陽光時，她才累得在沙發上睡去。

「兩年前的一個夜晚，我夜半醒來，聽見客廳有聲響，但卻與從前不同。打開房門，見母親坐在沙發，整個人縮著身子，哀哀地痛哭著，我從沒見過她這個模樣，無論是父親在世的時候，或是父親離開後，她都不曾哭得如此撕心裂肺。她邊哭邊喃喃地念著父親從前抄給她的一段詩句：『時間。鐘擺。鞦韆。木馬。搖籃。時間……』[2]

「我趕忙抱緊她，焦急地問她怎麼了。

「『現在幾點了？』她問。

「『快九點了。』我騙她。

「『真的嗎？』她抬起頭，雙眼圓睜睜地望著我。

「『真的。』我不敢看她。

「『但我就快等不下去了，他怎麼還沒打來呢？他還沒跟我說晚安啊。』她說著，眼淚止了，目光暗了，安靜了。

「隔日，她在睡夢中辭世。

「辦完母親後事的那晚，我回到老家，不知道哪裡來的念頭，我走向母親從前坐的位子坐了下來。從前這個位子是母親專屬的，除了她便沒有其他人坐過。

「第一次坐在這位子上，抬起頭發現，原來牆上的鐘正對著這個座位，能清楚地看見時間的流逝。我看著秒針一格格地前進，滴答滴答地發出聲響，如同回到年幼的時候，等到指針走至九點的那一刻。我在心裡面默默地倒數著，當指針走到九點，我彷彿聽到電話鈴聲響起，將右手往右邊一擺，發現原來手指稍微往旁邊一擺便能觸到電話筒。

「然而，電話鈴聲依然沒有響起。

「後來我每週回老家打掃，離開前總會在母親的位子上坐一會，每次坐在這個位子的時候，不知道為什麼，總會想起從前的人經常說的『幸福』。

「母親這一生的幸福都是由等待匯聚而成的。

「想起從前母親坐在這個位子上等待電話鈴聲響起時，她的身體緩慢匯聚著，滋養著，周身隱隱約約地發出淡淡的光，當電話鈴聲一響，她身上的幸福便漫散開來，形成溫柔的光暈，光暈隨著父親回家，移動到廚房裡，接著移動到飯廳裡，在飯廳暈黃的燈光下，母親身上的光與父親的光靜靜地相融著，那一刻，整個世界的光都凝聚在他們的身上。

「每個人的生命是否都有過類似這樣的時刻，唯有自己內心裡最深切的冀盼被實現的那一刻，人才能看見全世界的光都凝聚起來，凝聚你的眼前，凝聚在你的周身，而時間彷彿為了這一刻而靜止了一般。

「『能夠等是幸福的。』

「於是我開始等，偶有幾次，我在沙發上等到睡著了，於睡夢中，我依稀聽見電話鈴聲的響起。

「我想著，終於響起了，九點了，我的父親與母親從遙遠的地方撥來了電話，第一通響三聲，第二通響兩聲，跨越時間與空間，跨過白晝與夜晚，沒有任何字句，僅僅只是聲音，清脆而明亮地響著。

「他們在對我說：『晚安，晚安。』」

1 本文改編自故事主角真實經歷，電話鈴聲付費之實際狀況已不可考。
2 詩句引自瘂弦〈遠洋感覺〉。

源起

蝴・・蝶

世界彷彿有一個洞，
每個人都望著洞裡看，
卻沒有人真正地跳到洞裡去。

關於生命，有很多疑問，但她甚麼都沒問。[1]

他說：

「記得曾有人說過：『傷害總在我們不知道的時候發生，當我們知道時，它已成了傷痕。』

「傷痕是沉默的，無法詢問，不存在解答。

「年幼時，因為生病，有很長一段時間居住於鄉下的外婆家。那是個以務農維生的小鎮，然而，小鎮裡並不只有農家，還有各色不同的民生：集合店鋪的商店街與傳統市場相連，日本進口化妝品店緊鄰魚販，上一刻剛聞到蜜絲佛陀的蜜粉味，下一刻則撲面是殺魚剃鱗的腥氣，磁磚地板與水泥地板彼此交錯又如楚河漢界、老雜貨店的阿婆整日望著電視節目發呆、牆壁上滿是黃污油漬的麵店與便當店、煙霧繚繞的撞球場與柏青哥店、私娼寮裡總有不同年紀的濃妝女子隔著鐵欄窗戶，由陰暗屋內以疲倦兔子般的眼眸望向窗外、夜間的熱炒店裡總有人喝酒鬧事大聲喧譁、糖廠附設的小店舖裡，孩子們聚集買橘子水與香蕉冰……在這裡，時間既精省又奢侈，大人們忙著活下去而沒有時間管孩子，孩子們則擁有大把大把的時光，成天在外面野，但所謂的『野』也只是在市場裡與暗巷間玩捉迷藏，於光和影的錯落中不斷地行進，一群人追著狗在熾熱的馬路上奔跑，幾個孩子躲在田埂裡抓蟲來玩……

「印象深刻的是田邊總有個瘦削的，蓄著一頭過腰長髮，穿著花色斑駁污髒的洋裝，面容寂靜的姐姐坐著。她的身旁有隻大黃狗，緊緊地貼著她的身軀，狗的毛色與她身上的花洋裝一樣污灰。她經常一整個午後沉默地坐著不動，或許因為成日曬太陽的緣故，她的膚色極黑，人於是顯得更瘦些。她有時抬頭睜眼望著天，有時低首緊閉雙眼，當她低下頭時，右手會拱成弧狀放在耳畔，如觀音低眉，似乎在傾聽什麼。

「她如同以黑岩精雕而成的石像，彷彿遠古之前，她已被放置在南部夏日的炙熱陽光之下，於褐泥與綠田間。

「有次因為好奇想走近她時，其他的孩子們拉住了我，說：『不要去！』我疑惑地回望，他們說：『伊是肖仔內，誒狎人。（她是瘋子耶，會吃人。）』我疑惑地問：『誰跟你說的？』此時，遠方翩然飛來一隻色彩斑斕的蝴蝶，有個孩子突然大喊：『是蝴蝶！』所有人的注意力瞬間移轉，開始追著蝴蝶，笑著奔離。我轉身想走近那個姐姐時，她卻已不在原地，只見她拔腿飛奔而來，與孩子們一起追逐那隻蝴蝶。她跑得出汗，面露燦笑，眼裡閃著鑽石般的光芒，整張臉發亮著。孩子們抓住蝴蝶，正打算傷害牠時，姐姐厲聲尖叫了起來，暴跳如雷，雙手不停地胡亂揮舞，雙腳不斷原地跳躍，將田裡的泥濺得四處都是，孩子們見狀，嚇得一哄而散。

「眾人走回柏油路上，回望田裡，只見姐姐呆坐於泥裡，花色洋裝更為污濁了。她靜靜地閉上眼睛，又一次將右手拱成弧狀，輕輕靠在耳畔。我出神地望著她，良久良久，剛剛她在田裡跳躍時，過短的洋裝下襬露出她的雙腿，那雙腿間滿是瘀青與傷痕。

「關於姐姐的故事，我都是聽身旁的大人們說的。他們說：

「『她阿爸出生腦子就壞了，從小就是智障，後來強姦了一個啞巴女人，沒多久就娶了人家，生一個瘋子女兒，老婆生完孩子沒多久就跟人跑了。』

「『你們小孩子不要靠近她，她如果要拿東西給你，你千萬不要拿，瘋病會傳染。』

「『你們要乖啊，不乖就把你送到她家，那個肖婆會吃小孩，把你吃掉。』

「『那些軍營裡的肖豬哥軍人都看她瘋瘋的，不知道偷偷跟她做過多少次，她那白癡老爸也不白癡，每次都跟那些人收錢，比那些妓女便宜。』

「『她阿爸跟她每天晚上都睡一起，你說他會不會把女兒也給睡了？』

「每個人都有自己的一套傳言，破碎而未經證實，只是從未曾有人去詢問她，更未曾有人聽過她訴說自己。

「每個人彷彿都知道她，但又沒有人真正地知道她。

「那年有颱風過境，風勢不大，卻下了連日的雨，低窪與排水不良的小巷裡都淹了水。有日清晨，夢寐間，聽見窗外傳來有男人四處拍門的吼叫聲。

男人在小巷裡奔走，連著每戶門拍打吼著，直到我們家時，外公叫住他：『雄仔，七早八早你是罕肖啥？（阿雄，一大早你是在吵什麼？）』男人哭著吼著：『阿惠謀去了！阿惠謀去了！（阿惠不見了！阿惠不見了！）』

「雄仔是田裡那位姐姐的父親，阿惠是那位姐姐的名字。

「鄰居們開始幫忙四處找。直到午後，人們才於從前運糖的火車軌道旁的小坑裡看見她。找到她的鄰居說，阿惠當時渾身濕透，蜷著身子，下半身滿是血漬，雙手緊緊抱著一隻狗，狗已經沒有氣息。狗的腿斷了，判斷應該雨天視線不佳，被路上的車給撞了。另一個鄰居說：『雄仔看到阿惠抱著狗，拉起她還沒問話，一巴掌就打過去，打完一下又一下，阿惠左閃右躲，又哭又叫，最後兩個人抱著哭，阿惠一直揣著那隻狗，啊啊啊地哭叫，實在也是可憐。』又一個鄰居說：『結果阿惠身上的血不是狗的，是她自己的，送到醫院才知道阿惠流產。』

「與過去每一個傳言一樣，沒有人問狗是怎麼死的，沒有人問孩子是誰的，沒有人問雄仔，亦沒有人問阿惠，沒有人能證實誰說的是真的。每個人都有一個他們自己敘述的，雄仔與阿惠的故事，但卻沒有人真正知道他們的故事。

「世界彷彿有一個洞，每個人都望著洞裡看，卻沒有人真正地跳到洞裡去。

「暑假結束了，孩子們都回到學校，我病況時好時壞，經常沒法去上學。有次高燒剛退，醒來已是午後，口乾舌燥，起身到廚房喝水。因為肚子餓，但冰箱與餐桌都是空的，整個屋子裡都沒人，於是趿著拖鞋出門尋找外公。經過田邊時，看見阿惠一如既往地坐在那裡望著天空。當我走近時，她閉上了眼睛，右手又拱成弧狀放在耳畔。我學著她的動作問她：『為什麼要這樣？』她沒有回應，開始哼起音律。我聽她哼著，時間恍若靜止，連風都停了下來似的。過了良久，她說：『蝴蝶。』我看著她說：『這裡沒有蝴蝶。』

「她睜開眼睛，那是我第一次那麼近看著她的面容。她的眼睛澄澈無垢，如有星光閃爍。她望著我，又說了一次：『蝴蝶。』

「語落，她又閉上了眼睛，右手拱成弧狀靠在耳畔，哼起樂音。

「不知道是否因為高燒剛退，我整個人昏沉沉的，更或許是她的話語存在奇妙的魔力，如催眠般，我彷佛真的看見她耳畔有隻蝴蝶停靠，而她正聽著蝴蝶說話，並且將蝴蝶的話語轉成樂音。她的身後恍若有光，滿天是蝴蝶翩翩舞著，鱗粉四散，霎時間，整個世界金光燦亮。恍惚間，我看見阿惠幸福地笑著，低低地說：『蝴蝶。』

「我愣在原地，久久無法話語，而阿惠又說：『蝴蝶，回家。』

「後來病體漸癒，離開了外公外婆家，幾年後再回去時，田邊已沒有阿惠的身影。阿惠的家門窗緊閉，荒涼雜亂如同廢墟，外公說雄仔生癌走了，但卻沒有人說阿惠去了哪。更久以後，外公外婆離世，老鄰居們也一個個地走了，記得雄仔與阿惠的人更少了。幾年前，外公外婆家的房子賣了，矮房改建成獨棟樓房，偶爾回到老家經過時，總會想起雄仔與阿惠，想起那個午後的魔幻時刻，滿天的蝴蝶，燦亮輝煌，只是，如今世上或許再也沒有其他人記得他們了。

「童年那段故事真如莊周夢蝶，不知道是否真的存在過。

「然而，我經常想著為什麼會記得阿惠。

「幾年前讀到一篇文章[2]，作者寫她某次去買早餐時看見一隻蝴蝶。蝴蝶在早餐店外的道路飛著，地上有著積水、豆漿渣、碎飯粒、竹筷垃圾等，蝴蝶在那片污水裡翩然舞著，於各種污髒中輕點自己的身體駐足，她飛舞了許久，仍然飛不過那片地域。

「作者於文中引了一段歌詞：『蝴蝶飛不過滄海，沒有人忍心責怪。』[3]
並且寫著：『不會責怪，不是因為她美，是因為她脆弱。』

「讀著文章時，我又想起了阿惠。我想起阿惠側耳傾聽蝴蝶的模樣，想起那個魔幻的午後，想著那些傳言，想著蝴蝶飛不過的滄海，想著人們的脆弱。

「脆弱帶來傷害，傷害總在我們不經意的時候發生，當我們知道時，它已成了傷痕。

「傷痕總是沉默，無法詢問，不存在解答。

「如果每個人都有傷痕，那傷痕是否也能代表某部分的自己，刻印獨屬我們的故事？於此，人與人之間最好的溝通，或否是透過傷痕？

「只是，傷痕如此沉默，無法詢問，不存在解答。傷痕與傷痕之間該如何彼此知悉？我們的傷痕該如何與他人的傷痕溝通？

「我想起那個從來沒有人跳進的黑洞。

「我們每個人是否都有這樣的一個黑洞？又或者，我們每個人都是一隻蝴蝶。

「我們都是蝴蝶，有屬於自己的美麗，有難堪得無法為外人所知，也無人願意知悉的傷痕，同時我們於這世界飛舞，渴望並尋覓歸家的路途，然則，終其此生，我們仍有飛不過的滄海。

「我們是否曾經聽過別人的脆弱？嘗試著於自己與他者之間找出相應的距離，學習成為一個傾聽者，傾聽他者敘述自己的故事。他們的聲音或許極低極輕，我們必須學著阿惠，拱起自己的右手弧圈，將他們的聲音納進耳裡。

「如觀音低眉，側耳傾聽。

「尋覓並聽見，與我們相似的，或與我們完全不同的人，並從他們的故事裡看見傷痕。

「我們此生所願的，或許是希望尋覓到某個人或某些人，他或他們不僅看見我們的美麗，更能看見我們的傷痕，聽我們訴說傷痕的曾經與如今，能伴我們走上歸家的路途，更甚者，能包容我們有用盡全力也飛不過的滄海，即使天黑，永遠無光，美夢終究要醒，我們都能在他或他們的懷裡自由且自在。」

1 引自《蘿達》，《血卡門》，黃碧雲著。
2 引自〈生活裡看見的〉，袁瓊瓊著。
3 〈蝴蝶〉，作詞人：林夕。

專文推薦

被荊棘染成血紅的白玫瑰

讀《只說給你聽》

作家 盧郁佳

忍耐。

作家陳曉唯的作品《只說給你聽》充滿自我犧牲，想哭忍著不哭。〈星星〉寫鰥夫喪妻：「她離開後，我告訴自己不可以哭，如果我哭了，女兒看到會害怕，但那一刻，看著天空的那一刻，我站在街頭，雙腿軟了，忍不住哭了出來。因為天空一顆星星都沒有，這世界那麼暗，暗得一點光，一點希望都沒有，我最愛的人永遠永遠都不會搭著星星回來了。」忍耐的美，甜得膩人，美得發毛，像加長睫毛灑亮片、《凡爾賽玫瑰》大眼睛描出浮誇病態美。

忍耐。〈香水〉借香水寫完美主義的矜持：「觀眾必須耐心等待」，「它的美必須是由內而外，從頭至尾的，若有一處不夠完美，它便不是一瓶好的香水。」一陌生男女擠捷運沉默調情，男人追上來，女人卻斥責他不該相認：「愛情是等待果陀的旅程。愛情是種等待，等待永遠不會到來的果陀，必須是奇思異想的旅途，一種已知中交雜著眾多未知的曖昧，若果陀出現了，等待亦結束了。」忍耐，不是別急著吃棉花糖，而是永遠不吃。女人被迫忍耐，她卻美化為忍耐本身就是先驗目的、就有無上價值。忍耐的真面目是，她認同別人加諸她的禁愛令，相信曖昧才完美。

〈獨立〉寫少女與男友兩情相悅上床，母親卻仗著女兒未成年，告她男友，對女兒下一輩子的禁愛令。

〈初戀〉寫兒子歷任女友帶回家見寡母，寡母都嫉妒到想殺了女生，永遠獨占兒子。對兒子下一輩子的禁愛令。

〈葉裂〉、〈人魚〉主角因為受虐待而一輩子無法去愛，也是禁愛令。

禁愛是謀殺靈魂，到了極致連肉體生命都剝奪。〈初戀〉施暴的母親，〈葉裂〉受暴的妻子，〈重生〉痛苦的養女，都告訴故事主角同一句話「殺了我」。這句話構成各篇的重心，既是加害者虛言情緒勒索、推卸責任，也是受害者真誠的加工自殺。乍看不明白她們何以冷不防走到絕境，周圍沒人可以求助？受虐為什麼不逃？頭痛不看病吃藥，為什麼唯一想要的治療方式就是叫人拿榔頭打死她？父母偏心疼愛的高成就女兒，一夕知道身世秘密，為什麼就會崩潰求死？隨著各篇展開，〈重生〉女兒性格雖令人不解，但讀者會在〈獨立〉、〈眼淚的重量〉風姿各異的女主角身上，發現與她有共通點。

死傷人數也像國際災難新聞般不斷跳升。

全書以唯美浪漫的全糖修辭，切入次文化的暗黑題材：得腦瘤、家暴、照顧殺人、男男輪暴、母子亂倫性侵、分屍、吃人、兒童性虐待、從娼、割腕自殺、婚內強暴、迷姦……夠阿莫多瓦拍一輩子的庫存，本書一次用完。同樣寫母子亂倫，村上春樹《神的孩子都在跳舞》同名短篇聲東擊西，寫「兒子獨舞」閃躲。《只說給你聽》〈初戀〉從容大特寫：「我吻著她的額頭，撫著她身軀，一寸寸地撫觸，一點點地吻過去，當年軟如凝脂的身體已經枯扁，我的手指與唇口遊走於她的乳，她的腹，她的雙腿間，輕輕地，像過往每一次那樣，只是她不再如從前般溼潤。她悶哼著，枯槁而老朽的身體仍有激情，疼痛且猥瑣。」各篇寫性侵如AV般坦蕩淋漓，彌漫租書店小說的地下娛樂色彩。

〈重生〉妻子不堪家暴而殺夫，為什麼會吃屍體陰莖「報復」，什麼樣的人會想吃陰莖報復死者？另外，幫人加工自殺又為什麼要吃屍體？

不合理的空白，並非缺點，而是解謎鑰匙。指示讀者，「吃人」並非寫實，而是替換不可明言的禁忌愛慾「我想吃了你」、「吃你的老二」。每篇都有一個謊言。別的小說用跳舞取代性交，是避諱寫性交。《只說給你聽》各種性交寫實到滿出來了，為何還要多此一舉象徵？所以說，寫實也帶有謊言的成分。

〈重生〉少年被四個男同學輪暴而精神崩潰，繭居十年。讀大學跟女友上床時，卻對性毫無陰影，順利完美。這可能嗎？

寫男同學輪暴，可能並非班級霸凌。寫和女友上床，也不是和女友上床。兩者都是往陌生人當中去冒險，有時遇到輪暴，有時順利完美。不可預期，所以殘酷。

暴力如噩夢重複侵襲，〈初戀〉母親擲熱水瓶噴出燙傷兒子，〈無花果〉丈夫喊著「滾水燙死豬」澆滾水殺妻未遂。這些角色為什麼血腥殘暴、全力推到極致？它在說受害者的困境沒有出口。無論〈香水〉上商業雜誌受訪的成功名媛，或〈葉裂〉的底層受暴寡婦，都是同一人，忠於禁愛令。受害者不逃，忍耐就像瓦斯外洩一樣填滿了整個家，受害者仍像節食減肥般，覺得忍耐的自己好美。所以當各篇受害者說「殺了我」時，是受害者長期壓抑「我要殺了你」的怒火，向內攻擊自己。

什麼是吃人？像白先勇《玉卿嫂》作愛囓咬男人的肩膀，是床上無法溝通的兩個人，因語言不通而急切渴望那份理解。也應是惡星照耀的地下情人，永遠得不到父母接納，這是禁愛令的真相。白先勇《臺北人》〈金大班的最後一夜〉夜總會小姐初出茅廬暈船，被甩、墮胎後，對愛絕望，轉身在情愛酒池肉林中以無情成為強者。夜總會其實是白先勇《寂寞的十七歲》的新公園。《只說給你聽》同樣將少年的命運現實，精采轉化為無數神秘夢幻隱喻，酸民看不懂密碼就無法來傷害他，同命相憐的就懂。各篇看似童話般單純、平面；實是借不同篇章換角度，反覆照見同一件事的複雜無解。

書中刀斧交加，血肉橫飛，只是在現實中咬牙忍耐時，用沉默的方式說，痛。

國家圖書館出版品預行編目資料

只說給你聽 / 陳曉唯著 .-- 初版 .-- 臺北市：皇冠 .
2023. 02 面；公分. --(皇冠叢書；第 5069 種)(陳曉唯作品集；01)

ISBN 978-957-33-3979-3 (平裝)

863.55 111021908

皇冠叢書第 5069 種
陳曉唯作品集 01

只說給你聽

作　　者—陳曉唯
發 行 人—平雲
出版發行—皇冠文化出版有限公司
台北市敦化北路 120 巷 50 號
電話◎ 02-27168888
郵撥帳號◎ 15261516 號
皇冠出版社（香港）有限公司
香港銅鑼灣道 180 號百樂商業中心
19 字樓 1903 室
電話◎ 2529-1778　傳真◎ 2527-0904
總 編 輯—許婷婷
責任編輯—黃雅群
內頁設計—李偉涵
行銷企劃—薛晴方
著作完成日期— 2022 年 12 月
初版一刷日期— 2023 年 2 月

法律顧問—王惠光律師

讀者服務傳真專線◎ 02-27150507
電腦編號◎ 590001
ISBN ◎ 978-957-33-3979-3
Printed in Taiwan
本書定價◎新台幣 380 元 / 港幣 127 元